도박 중독자

도박 중독자 ❶

지은이 | 블루피스
펴낸이 | 권순남
펴낸곳 | (주)마야 · 마루출판사

등록 | 2008. 1. 7(제310-2008-00001호)

초판 인쇄 | 2017. 7. 26
초판 발행 | 2017. 7. 28

주소 | 서울시 노원구 상계 1동 1049-25 신영산업 BD 602호
대표전화 | 02-2091-0291
팩스 | 02-2091-0290
이메일 | marubooks@hanmail.net

ISBN | 978-89-280-8117-2(세트) / 978-89-280-8118-9
정가 | 8,000원

잘못된 책은 교환하여 드립니다.
저자와 협의하여 인지를 붙이지 않습니다.

「이 도서의 국립중앙도서관 출판시도서목록(CIP)은 서지정보유통지원시스템 홈페이지(http://seoji.nl.go.kr)와 국가자료공동목록시스템(http://www.nl.go.kr/kolisnet)에서 이용하실 수 있습니다.」
(CIP제어번호:CIP2017016929)

도박 중독자

블루피스 현대 판타지 장편소설

MAYA&MARU MODERN FANTASY STORY

마야&미루

✥ 목 차 ✥

제1장. 지옥행 특급열차의 종착역 …007

제2장. 토쟁이 …037

제3장. 통수 치는 자들 …067

제4장. 일관성의 법칙 …099

제5장. 복권방 비대면 거래 …125

제6장. 마틴게일 베팅법 …151

제7장. 사기꾼에게 당하다 …181

제8장. 마틴 베팅, 절대로 하지 마라 …209

제9장. 프로토, 경기 조합의 중요성 …243

제10장. 전업 베터의 길 …275

도박 중독자

제1장

지옥행 특급열차의 종착역

누구나 지옥행 특급열차를 탈 수 있다.

대부분의 사람은, 나는 결코 아니라고 믿는다.
그저 재미로 하는 것이라고.
그리고 그렇게 도박 중독은 시작된다.

도박 중독자

휘이익.
차가운 바람이 분다.
한강변의 바람.
웃고 떠들고 즐기는 사람들이 보인다.
그들에겐 아무런 근심도 없는 것처럼 보인다.
연인과 함께 강을 거니는 사람들, 가족과 함께 나온 사람들.
그저 평범하고 아늑한 일상의 생활.
저런 생활을 가지고 싶다.
예전에는 왜 저런 것이 값지고 소중하다는 것을 미처 몰랐을까.

정말로, 정말로…….
도박을 몰랐던 그때의 시절로 돌아가고 싶다.
내 모든 것을 앗아 간 도박.
돈도, 여자도, 가족도, 그리고… 가장 친했던 친구도.

♠ ♠ ♠

저벅저벅.
한 남자가 한강을 거닐고 있다.
날씨가 좀 풀렸음에도 불구하고 두꺼운 옷을 입고 있는 남자.
그는 백팩으로 보이는 가방을 메고 있었다.
얼핏 보면 노량진에서 공무원 시험 준비를 하는 사람처럼 보이기도 했다.
워낙 취업난이 심하다 보니 너도나도 공무원 시험 준비를 하고 있는 현실.
가방을 메고 있는 남자는 멍한 눈빛으로 하염없이 걷고 있다.
그리고 그건 바로, 나의 모습이다.
나는 나의 모습을 외부에서 바라보고 있다.
육체와 정신이 분리된 것 같은 상황.
정신분열증의 초기 증상이란 말도 있었다.

하지만 자세한 것은 모르기에 그저 그런가 보다 하고 넘어갔다.

지금 와서 그런 걸 따질 겨를은 없었다.

날씨가 추웠다.

사람들이 손을 비비며 걸어갔다.

하지만 신기하게도 추위가 느껴지진 않았다.

계속해서 한참을 걸어갔다.

그러다 보니 어느새 한강 다리를 다 건너서 건너편에 도착했다.

눈앞에 편의점이 보였다.

소주가 마시고 싶어졌다.

딸랑딸랑.

주머니를 뒤졌다.

이미 지갑은 텅 빈 상태. 포켓에는 단돈 몇백 원이 들어 있었다.

가방을 뒤지기 시작했다.

동전들이 생기면 챙기기 귀찮아서 가방 구석에 넣어 두곤 했던 것이다.

다행히 가방 안에 있던 동전들을 찾을 수 있었다.

소주 한 병 살 수 있는 돈은 마련된 것이다.

나도 모르게 입가에 미소가 흘렀다.

하지만 이내 그 미소는 절망 어린 표정으로 변했다.

"바보 새끼. 바보 새끼."

스스로 중얼거렸다.

아무런 생각 없이 수십, 수백만 원을 베팅에 덜컥 지르곤 했다.

그런데 지금은 소주 한 병 살 돈을 찾기 위해 동전을 모으고 있었다.

덜컹.

편의점에서 동전으로 소주 한 병을 샀다.

그대로 등에 메고 있던 가방 안에 집어넣었다.

그리고 다시 반대편으로 돌아가기 시작했다.

"씨발. 씨발."

혼잣말로 욕을 하기 시작했다.

누구에게 하는 욕이 아니었다.

나 자신에 대한 욕이었다.

"병신. 바보 새끼."

어느새부터인가 혼잣말을 하는 것이 일상생활이 된 상황.

건너편에서 걸어가던 여자는 나를 흘깃 보더니 이내 종종걸음으로 빠르게 움직였다.

나름 조용히 말을 한다고 생각했는데 건너편에 들린 것 같았다.

'아, 갑자기 혼잣말을 중얼거리는 사람이 보이면 이상하겠네.'

그런 생각이 들었다.

그리고 그런 이상한 사람이 바로 '나'였다.

문득 미안한 마음이 들었다.

평소 주변 사람들에게 폐를 끼치지 말아야 한다는 생각을 가지고 있었던 나였다.

하지만 지금은 그저 혼잣말로 욕설을 내뱉으며 한강변을 걸어가고 있는 이상한 아재일 뿐이었다.

다시금 걸어가다 보니 문득 가방에서 진동이 느껴졌다.

위잉.

위잉.

넣어 둔 휴대폰이 울리기 시작한 것이다.

다행히 휴대폰은 아직 정지되지 않은 상황.

잠시 서서, 가방에서 휴대폰을 꺼냈다. 그러곤 울리는 휴대폰을 확인했다.

하지만 바로 전화를 끊었다.

모르는 번호였다.

대부 업체의 독촉 전화가 틀림없었다.

상환 기일이 지나자마자 득달같이 독촉 전화가 오고 있었다.

그나마 닦달이 덜한 1금융이나 2금융과 달리, 이른바 대부 업체라 불리는 사금융(私金融)에서는 조금만 늦어도 사람을 지지고 볶는 데 있어서 도사들이었다.

한시도 쉬지 않고 돈을 받아 내기 위해서 채무자를 힘들게 만들었다.

말 그대로 사(死)금융이 따로 없었다.

하지만 누굴 탓하겠는가.

무턱대고 돈을 빌린 자기 자신을 탓해야 했다.

돈을 따서 갚겠다는 도박꾼, 토쟁이들의 흔한 생각.

정말로 위험하고 위험한 생각이었다.

위이잉.

진동이 계속 울렸다.

확인하지 않으려다가 다시 확인했다.

이번엔 집에서 온 전화였다.

연락이 되지 않기에 걱정돼서 한 전화 같았다.

하지만 이것도 신경을 껐다.

둘 다 받고 싶지 않았다.

사금융 추심이 시작된 순간, 집에서도 어찌 되었든지 간에 대충 상황은 알 수 있을 터였다.

가족에게 채무 고지를 하는 것은 추심에서 불법이지만, 이런 상황에서 바보가 아닌 이상 모를 수가 없는 것이다.

참으로 답답했다.

집에서는 성실하게 돈을 벌고 있는 아들이라고 생각했겠지만, 실상 알고 보면 여기저기서 돈을 빌려다 끌어 쓴 도박꾼 빚쟁이일 뿐이었다.

나는 내가 진 빚을 다시 떠올렸다.

억 단위의 빚.

평생 알뜰살뜰 모은다고 해도 다 모을 수 있을까 하는 돈을, 대출로 모두 날린 것이다.

아직도 믿어지지 않았다.

이렇게 빚이 많이 쌓였는지 이제야 깨달은 것이다.

신용 등급이 나쁜 편이 아니었고, 연봉도 나쁘지 않은 회사도 다니고 있었기에 대출은 기하급수적으로 늘어났다.

그것이 신용 사회의 무서움이었다. 그리고 자신의 신용은 자신이 챙겨야 했다.

누구에게 하소연할 수도 없었다.

위잉.

위잉.

다시금 진동이 울렸다.

밤 9시가 아직 지나지 않은 것이다.

그렇다면 그 전까지 쉴 새 없이 사금융의 추심은 지속될 터였다.

"이런 미친놈. 미친놈."

스스로를 탓했다.

'금방 갚아야지.' 하고 시작된 빚은 도저히 감당할 수 없을 정도로 불어났다.

그리고 결국 친구, 지인들까지 파멸로 끌어들였고, 가장 친한 친구조차도 같이 파멸의 구렁텅이에 빠지게 만들어 버린 것이다.

"하아. 하아."

점점 숨을 쉬기 어려워졌다.

나 자신에 대한 절망과 분노.

그것이 온몸을 감쌌다.

나는 다시금 계속해서 걸었다.

"돌아가고 싶다. 돌아가고 싶다."

입에선 그 말밖에 나오지 않았다.

시간을 되돌리고 싶었다.

"도박, 토쟁이가 무엇인지 모르던 그 시절로 돌아가고 싶다……"

알게 된 것은 3년 전.

그리고 사실 본격적으로 돈을 끌어들이며 한 것은 2년여에 불과했다.

하지만 그 2년여 만에 지금까지 쌓아 올렸던 모든 것을 잃어버렸다.

그리고 그와 함께 삶의 희망도 모두 잃어버렸다.

그리고 결국 결심했다.

죽자.

죽어 버리자.

그 생각을 하자 근철이한테 미안해졌다.

근철이를 꼬드겨서 녀석의 이름으로 빚을 진 것도 많았다.

근철이한테는 자신이 다 갚아 준다고 큰소리를 텅텅 쳐 둔 상황.

하지만 결국 지키지 못할 약속이었다.

친구야, 미안하다.

근철이는 적극적으로 스포츠 도박에 빠져들지 않았다.

하지만 내가 부추기는 바람에 덩달아 빚쟁이가 되어 버린 것이다.

문득, 회사 기숙사의 승만이가 생각났다.

나이는 나보다 많았기에 승만이 형이라 불렀다.

하지만 그 새끼한테는 형이란 호칭을 불러 주기도 아까웠다.

스포츠 도박을 나에게 알려 준 놈.

지금이라도 찾아가서 패 죽이고 싶었다.

정말 지금 어디에서 무엇을 하는지 알 수만 있다면 그러고도 남을 터였다.

이래서 사람을 죽이는구나, 처참하게.

그 이유를 알 수 있었다.

잠시 승만이를 잡아 죽이겠다는 생각에 걸음이 멈추었다.

하지만 이내 다시 걸어갔다.

지금은 그런 생각을 하는 것 자체가 사치였다.

숨 막힐 것 같은 도박 빚.

거기에서 해방되는 길은 자살밖에 없었다.
죽자, 죽어.
모든 것을 정리하는 행복의 길.
한강이 날 기다리고 있다.

♠ ♠ ♠

막상 죽겠다고 생각하며 길을 걷자, 마음 한편이 홀가분해졌다.
하지만 이내 다시 혼잣말이 계속해서 튀어나왔다.
"제기랄. 제기랄. 내가 왜 그랬을까. 내가 왜 그랬을까."
끊임없는 동어 반복.
하지만 그 말밖에 할 말이 없었다.
그게 바로 나의 유언이었다.
따로 유언장을 작성할 생각은 없었다.
써 봤자 바보 인증밖에 되지 않았다.
문득 저 멀리 건너편에 가족이 오순도순 모여서 가는 모습이 보였다.
평범한 일반인의 삶.
그것이 얼마나 소중하고 소중한 것인지.
잃어버리고 나서야 깨달을 수 있었다.
빚만 없어도 세상은 살아갈 만하다는 진실.

그 진실을 왜 지금에서야 알았는지, 너무 답답하고 힘들었다.

"하아. 하."

숨을 거칠게 쉬었다.

막상 죽기로 결심했지만, 마음속에서는 '사람 살려.'라는 말만 계속 외쳐지고 있었다.

하지만 이내 현실을 직시했다.

이 땅에서 누구 하나 날 도와줄 사람은 없었다.

이 나라는 사회 안전망이란 것이 없는 헬조선.

평범함을 잃어버리고 사회 밑바닥으로 떨어지는 순간.

그 아래에는 다시는 재기할 수 없는 깊고 깊은 암흑만이 남아 있을 뿐이었다.

잠시 발걸음을 멈칫했다.

과연 내가 옳은 선택을 하는 것인가.

죽음이 모든 것을 해결해 주는 열쇠인가.

하지만 잠시 후 다시 걸음을 옮겼다.

헬조선의 패배자들이 갈 곳은 한강뿐.

다른 선택지는 없었다.

잠시 마음이 흔들렸지만, 죽기로 결심했다.

자살자들을 가리켜 용기가 없다고 말하지만, 그 말은 틀린 말이었다.

죽기로 결심한 사람이야말로 정말로 용기가 대단한 사

람이었다.

죽을 상황이 되어 보니 알 수 있었다.

♠ ♠ ♠

휘이잉.

다시 바람이 불었다.

아직 겨울이 다 끝나지 않았다.

봄이 오려면 시간이 좀 더 있어야 했다.

하지만 그 봄을 다시 볼 수는 없을 터였다.

저벅저벅.

어느덧 걷다 보니 한강 다리 중간이었다.

주변을 둘러보았다.

시간은 한참 지나 어두컴컴해졌고 사람들도 거의 없었다.

뛰어내리기 적당한 날 같았다.

죽더라도 주변 사람들을 놀래게 해서 폐를 끼치고 싶진 않았다.

주변에 인적이 사라진 지금이 최적의 시기였다.

살짝 목을 돌렸다.

목에서 소리가 났다.

한참 동안 고개를 숙인 채 걷다 보니 온몸이 굳어져 있었다.

몸을 풀며 다리 아래로 뛰어내릴 준비를 하기 시작했다.

웃기게도 뛰어내리다가 삐끗해서 제대로 떨어져 내리지 못하면 어쩌지 하는 생각이 들었다.

충분한 준비운동을 하고 뛰어들어야겠다고 생각했다.

팔다리를 움직이며 조금 풀어 주자 훨씬 움직이기 편해졌다.

드디어 모든 준비가 끝났다.

이 세상을 하직하는 것이다.

위잉. 우우웅.

그때, 다시 전화가 울렸다.

가방에서 진동이 느껴졌다.

대부 업체 아니면 집일 터.

시계를 확인하면 알 수 있을 것이다.

밤 9시가 넘었다면 대부 업체의 추심은 아닐 터였다.

밤 9시를 넘긴 추심은 불법이었고, 요즘은 추심 업체들도 이런 것은 잘 지켰다.

예전과 달리 바로바로 사람들이 대응했던 것이다. 그 때문에 그들도 몸을 사렸다.

잠시 확인해 볼까 하는 생각이 들었지만, 확인하지는 않았다.

지금 와서 확인한들 아무 의미가 없었다.

벌컥벌컥.

휴대폰이 울리든 말든, 가방 안에 있던 소주를 꺼내어 들이마셨다.

이렇게 마시는 건 난생처음이었다.

아니, 소주 자체를 거의 마신 적이 없었다.

한창 돈이 많이 있었을 때엔 소주 따위는 마시지 않았던 것이다.

오직 최고급 양주만 마셨다.

돈은 언제나 수중에 가득했고, 베팅 한 번에 최소 수십만 원에서 수백만 원이 오갔다.

경기가 적중된 날은 여자 끼고 양주 마시는 날이었다.

그렇게 돈을 따는 것을 다 나의 실력이라 생각했다.

하지만 허상이고 허상이었다.

언제나 베팅은 확률, 그리고 보이지 않는 손의 조합일 수밖에 없었다.

그 와중에 운이 좀 더 좋아 딴 것일 뿐.

머릿속에서는 돈을 딴 기억만 집중적으로 떠올렸고, 그것을 자신의 실력으로 착각했던 것이다.

오히려 돈을 땄을 때 감사하는 마음으로 그걸 모아 뒀어야 했는데, 계속해서 그렇게 돈을 딸 줄 알고 흥청망청 써버렸다.

그리고 결국 몇 번의 경기에서 계속 돈을 잃고, 평정심을 잃게 되자, 그때부터는 그야말로 기하급수적으로 손해가 늘어났다.
 더 이상 돈을 구할 수도 없는 상황에 이르자, 모든 것을 다 잃었다.
 파멸이 다가온 것이다.
 "크아."
 배 속이 뜨거워졌다.
 이래서 소주를 마시는구나 하는 생각이 들었다.
 한참을 마신 것 같았는데, 아직도 반이나 남았다.
 벌컥벌컥.
 마저 다 마시기 위해 소주를 들이켰다.
 술의 기운 덕분에 더욱 용기를 내는 것이다.
 자살은 정말 아무나 할 수 있는 일이 아니었다.
 "카아."
 이윽고 소주병이 다 비었다.
 한 병 더 사고 싶었다.
 태어나서 이렇게 술을 마시고 싶은 적이 없었다.
 하지만 주머니에 돈이 없었다.
 "바보 녀석. 양주 따위를 마시며 허세를 떨더니 꼴좋다."
 자기 자신에 대한 질책.
 허세는 모든 일을 그르치게 만드는 근원이었다.
 여자를 낀 채 양주를 마시며 허세를 떨던 바보.
 혹시라도 동전이 더 없나 싶어 가방을 뒤적거렸다.

하지만 동전은 더 이상 나오지 않았다.
"제길. 제길."
욕설이 다시 튀어나왔다.
가슴이 아린다는 말이 뭔지 알 수 있었다.
단 돈 몇천 원의 가치.
예전에는 그 가치를 몰랐다.
하지만 없는 건 어쩔 수 없는 일.
그래도 소주 한 병을 들이마시니 배 속의 열기가 온몸을 감쌌고, 추위가 가시는 느낌이 들었다.
그리고 나도 모르게 절로 용기가 솟아올랐다.
죽을 용기가.
위잉.
다시 어디선가 연락이 왔다.
하지만 또다시 무시했다.
"더러운 헬조선! 더러운 세상!"
세상이 미웠다.
스마트폰이 넘쳐 나는 세상이었다.
클릭 몇 번으로 이렇게 쉽게 사람의 인생이 파멸, 지옥 구덩이에 빠진다는 것이 아직도 믿어지지 않았다.
클릭. 빠른 대출. 빠른 손실.
클릭. 클릭. 대출. 더 빠른 손실.
클릭. 클릭. 클릭. 다중 채무자. 대출 부결.

이후 돈을 구하려 했지만, 이미 과다 채무, 중복 채무자인 상태에서 돈을 더 빌릴 수 있는 곳은 없었다.

결국 지인들을 통해 여기저기서 돈을 빌렸다.

지난 세월 내 삶의 가치를 팔아먹는 행동이었다.

하지만 그 돈들도 순식간에 사라졌다.

가족의 돈.

절대로 손대지 말았어야 하는 돈에도 손을 대기 시작했다.

지금 생각하면 정말 미친 짓이었다.

미친놈이 따로 없었다.

하지만, 절박했다.

지옥에서 온 사탄이, 영혼을 팔라고 해도 팔 수 있을 정도였다.

아니, 영혼을 판 것일지도 몰랐다.

가족의 돈에 손을 댔다.

가족이 나의 명의로 만든 계좌에서 돈을 뽑아 썼다.

따서 갚으면 되는 것이다.

머릿속엔 그 생각밖에 없었다.

만약 돈을 따지 못하면 결국 지인들의 빚, 사채 빚을 갚을 수 없을 테니까.

그러고 나서,

그 돈도 다 잃었다.

순식간에 돈이 사라지는 것을 모니터 화면으로 보았다.

매우 단순했다.
숫자가 0으로 변할 뿐이었다.
털썩.
온몸의 힘이 풀렸다.
그와 동시에 나의 삶도 0으로 수렴한 것이다.
아니, 0보다도 못했다.
이건 마이너스의 삶이었다.
잉여라는 말도 사치였다.
백수로 놀고 있는 사람이 부럽기는 처음이었다.
적어도 그들은 빚쟁이는 아니었으니까.

잠시 멈춘 채 빚에 대해 생각했다.
정말로 '도박이란 게 이리 끊기 쉬운 것이구나.'라는 것을 그때 알 수 있었다.
돈이 없으면 끊게 되는 것이다.
누가 뭐라 할 것도 없었다.
바로 끊을 수 있었다.
그리고 갚을 길이 없는 빚만이 남아 있었다.
사채 빚, 지인 빚, 가족 빚.
빚. 빚. 빚.
숨이 막혀 살아갈 수가 없었다.
돈이란 것이 이렇게 무서운 것이구나.

머릿속으로, 이론적으로, 책으로는 알고 있었지만.

막상 현실로 닥치게 되니 온몸이 덜덜 떨렸다.

그 결과 여기까지 다다르게 된 것이다.

♠ ♠ ♠

이제 정말로, 자살을 위한 모든 준비가 끝났다.

휘잉.

다시 바람이 불었다.

찰싹거리는 한강의 물결이 보였다.

앗차, 신분증.

나는 신분증을 확인했다.

죽기 전에 적어도 신분증은 있어야 했다.

그래야 시체가 누군지 알 수 있을 테니까.

운전면허증을 확인한 후 지갑을 바라보았다.

한때 5만 원짜리 현금을 수북이 넣어 다니던 지갑은 더 이상 없었다.

텅 빈 지갑.

그걸 보자 다시 한 번 과거가 떠올랐다.

죽기 직전이 되자, 계속해서 과거의 일들이 떠오르는 것이다.

수십 번의 피드백.

태어나서 이처럼 많은 피드백을 한 적은 없는 것 같았다.
도대체 어디서부터 잘못된 것일까.
스포츠 도박을 처음 시작할 때만 해도 이런 결말을 생각한 것은 아니었다.
꾸준히 그저 즐기면서 재밌게 사는 정도였다.
그러나 그것은 자신만의 착각이었다.
지옥행 특급열차는 조금씩 움직이고 있었고,
도박을 하던 와중에 자신이 마음의 평정을 잃는 순간,
지옥의 귀신은 모든 것을 가져가 버렸다.
"제기랄! 제기랄!"
가방 안에 있던 빈 소주병을 한강으로 집어던졌다.
휘익.
풍덩!
소주병이 물에 빨려 들어가는 소리가 들렸다.
이제 곧 내 차례였다.
모든 것을 다시 되돌리고 싶었지만 그것은 불가능했다.
시간이 좀 걸렸지만 모든 마음의 짐을 비웠다.
난간을 붙잡고 뛰어내릴 준비를 했다.
하아. 하아.
그토록 반복적으로 중얼거리고 마음의 결심을 했음에도 불구하고,
막상 한강 다리 아래로 뛰어내리려 하니 쉽사리 손이 움

직이지 않았다.

 위잉. 위이잉.

 그때, 등 뒤에서 사이렌 소리가 들렸다.

 119 구급대가 출동한 것 같았다. 아니면 경찰일지도 몰랐다.

 생각해 보니 다리 위에서 너무 시간을 많이 끈 것 같았다.

 누가 봐도 '나 죽을 거야!'라는 분위기를 팍팍 풍기고 있으니 누군가가 신고를 한 것이 틀림없었다.

 폐를 끼쳤네.

 그런 생각이 들었다.

 "이봐요! 거기 선생님! 잠시만요!"

 등 뒤에서, 누군가 소리쳤다.

 경찰인지 119대원인지는 알 수 없었다.

 이제 정말로 가야 할 시간이었다.

 안녕.

 휘익.

 온몸을 한강 다리 아래로 쭉 내밀었다.

 만세를 부르듯 몸이 아래로 떨어졌다.

 머리가 아래로 향했다.

 그때 누군가 자신의 운동화를 붙잡는 것 같았다.

 하지만 그대로 신발이 벗겨지며 아래로 떨어졌다.

쏴악.

찰나의 시원함.

모든 것에서 해방되는 느낌을 받았다.

왜 진작 뛰어내리지 않았을까 하는 생각이 들었다.

콰앙!

하지만 그 시원함은 순식간에 끝났다.

몽둥이에 얻어맞는 것 같은 충격과 함께 엄청난 고통이 온몸을 휘감았다.

어푸! 어푸!

코와 입안으로 물이 들어왔다.

그제야 순식간에 정신이 들었다.

숨을 쉬고 싶었지만 도저히 쉴 수가 없었다.

'살고 싶어! 살려 줘.'

마음속으로 그런 외침이 울려 퍼졌다.

정말 간사한 인간의 마음이었다.

모든 것을 다 내려놓고 죽겠다는 생각으로 한강에 뛰어들었다.

하지만 막상 죽을 상황이 되니 어떻게든 살아 보겠다고 발버둥을 쳤다.

'살려 줘. 사람 살려.'

제발 날 발견해 주길 바라며 손발을 휘저으려 했다.

머리 위로 뭔가 번뜩거렸다.

한강 아래로 뛰어든 사람을 찾기 위해 서치라이트를 비춘 것이다.

'여기 있다고! 여기.'

영화에서는 물에 빠진 주인공이 잘만 물 위로 솟구쳐 올라가건만, 실제론 전혀 그렇지 못했다.

영화를 만든 놈들을 다 잡아서 죽이고 싶었다.

실제로 물에 빠지니 꽁꽁 묶인 것처럼, 온몸이 움직이지 않았다.

떨어지는 충격에 어딘가 뼈가 부러진 것 같기도 했다.

꼬르륵.

죽음이 다가오는 것이 느껴졌다.

살고 싶다는 마음이 온몸을 휘감았다.

내가 왜 그랬을까.

그냥 '안 되면 확 죽어 버리자.'라고 한 생각.

그것이 정말로 어리석었다는 것을 이제야 깨달을 수 있었다.

죽는다는 것.

자살은 인간이 할 수 있는 것 중에 가장 어리석은 일이었다.

돈 때문에 팔다리 하나를 자른다고 하면 기겁을 하며 물러설 터였다.

그런데 몸을 완전히 산산조각 내는 자살을 한다는 것을

너무나 쉽게 생각한 것이다.

꼬르르륵.

하지만 더 이상 힘을 낼 수 없었다.

너무나 고통스러웠다.

괴로워.

너무나 괴로워.

돈 때문에 고민했던 것, 그것보다도 백배는 더 괴로웠다.

막상 닥치고 나니 진짜로 괴로운 것이 무엇인지 알 수 있었다.

지금 다시 다리 위로 올려다 준다면 당장 자살하겠다는 생각을 멈출 수 있을 터였다.

숨. 숨을 쉬고 싶다.

숨 한 모금만 제대로 쉴 수 있다면 정말 원이 없을 것 같았다.

지옥의 불구덩이에서 혀끝에 물 몇 방울이 떨어지길 바라는 심정이었다.

아무렇지도 않게 내쉬던 숨이 이렇게 고마운 줄을 지금에서야 알 수 있었다.

케켁.

케케켁.

끝없이 이어지는 고통.

가슴을 쥐어짜는 고통이 끝없이 밀려왔다.

자살을 한 자신에게 내려지는 벌이었다.
살려 달라는 외침만이 머릿속에 가득했다.

♠ ♠ ♠

"으악. 허억. 헉."
나는 깊게 숨을 들이쉬었다.
"하악. 하악."
너무나 고마웠다.
숨을 쉴 수 있다는 것 자체가.
"이게 어떻게 된 일이지?"
나는 주변을 둘러보았다.
"기숙사?"
예전에 쓰던 회사 기숙사 방이었다.
도박 빚이 생기고 나서, 회사를 자의 반 타의 반으로 퇴사하면서 쫓기다시피 나온 곳이었다.
이미 그게 몇 달 전의 일.
쿵.
그때 문이 열렸다.
"야, 경일아. 무슨 일이야?"
방문을 열고 빼꼼 쳐다보는 남자가 있었다.
20대 후반으로 보이는 남자.

검은색 뿔테 안경을 쓰고 있었다.

나는 그의 이름을 알고 있었다.

내 친구 서근철.

나 때문에 억대의 빚을 진 남자였다.

"깜짝 놀랐네. 너 악몽이라도 꾼 거야?"

근철이가 나에게 말을 걸었다.

"어, 너… 너……."

근철이의 모습이 뭔가 이상했다.

몇 년 전 기억 속 모습 그대로였다.

근철이는 동안이었다.

하지만 도박 빚이 생기면서부터 엄청나게 팍삭 늙었던 것이다.

근심 걱정하며 한숨만 내쉬던 근철이.

하지만 지금은 아무런 근심 걱정이 없어 보였다.

"나, 분명히 한강에 뛰어들었는데……."

"뭐? 한강? 무슨 이상한 소리 하는 거야. 개꿈 꾼 거야? 경일아, 오늘 주말이라고 너무 푹 잔 것 아니야? 밥 먹으러 가자. 저녁 식사 시간이야."

그렇게 말하며 근철이는 문을 쾅 닫고 나갔다.

"뭐야, 이게."

나는 두 손을 만지작거렸다. 그러곤 아직도 멍한 표정으로 건너편을 응시했다.

건너편에 달력이 보였다.
"201X년?"
건너편 책상 위의 휴대폰을 바라보았다.
3년 전에 쓰던 구형 휴대폰이었다.
딸각.
휴대폰을 열어 날짜를 확인했다.
"4월 X일?"
정확히 3년 전, 기숙사에 있던 시기로 돌아온 것이다.
도박에 빠지기 직전의 자신으로.

제2장

토쟁이

도박 중독자

믿어지지 않지만, 3년 전으로 돌아와 있었다.

거의 10여 분간을 멍하게 앉아 있었고, 결코 내가 꿈을 꾼 것이 아니란 결론을 내렸다.

꿈이라 하기엔 너무나 기억이 생생했다.

3년간의 기억, 그리고 경험.

그것은 결코 꿈이라 부를 수 있는 것이 아니었다.

"도대체 이건 뭐지."

위잉.

그때 휴대폰의 문자가 울렸다.

[빨리 와. 식사 시간이야.]

근철이가 재촉했다.

기숙사의 저녁 시간이었다.

3교대 근무였지만, 현재 회사 사정상 토요일과 일요일은 사실상 휴무 상태였다.

공장에 들어오는 발주 물량 자체가 없어서 이런 일이 벌어지고 있었다.

덕분에 오늘 같은 토요일은 밥만 먹으면서 회사 기숙사에서 빈둥거리는 것이 하루하루의 일과가 된 상황.

다시 5분 정도를 멍하니 앉아 있다가 자리에서 일어났다.

휘청.

몸이 흔들거렸다.

중심을 잡기 힘들었다.

한강에 입수할 때의 기분이 아직도 몸에 남아 있었다.

결코 꿈이 아니란 것을 다시 한 번 느낄 수 있었다.

어쨌든 난 살아 있었다.

이유는 알 수 없었다.

정말로 자신도 모르게 무릎을 꿇고 양손을 머리 위로 치켜 올렸다.

"살아 있어. 살아 있다고."

삶에 대한 찬가.

정말로 너무나 감사했다.

덜컹.

근철이가 다시 고개를 들이밀었다.
기다리다가 결국 지쳐 다시 방으로 온 것이다.
"야, 너 무슨 플래툰 영화 찍어?"
하지만 근철이가 뭐라 하든지 간에 나는 그 자세를 유지했다.
너무나 기뻤다.
삶이란 것이 이리 즐거운 것인지를.
그리고,
도박 빚이 없는 삶이란 것이 이토록 감사한 것이란 것을.
"밥 먹자, 밥."
근철이가 투덜거리며 계속 중얼거렸다.
아마 녀석은 내가 왜 갑자기 이러는지 이유를 알지 못할 터였다.

식당을 향해 걸어가고 있었다.
사람들은 웅성거리며 모여들고 있었다.
다들 요즘 회사가 일감이 많이 없다는 이야기만 하고 있었다.
그래도 덕분에 주말에 쉬니 좋다는 이야기도 나왔다.
하지만 나는 다른 일에 정신이 팔려 있었다.

"오늘이구나."
나는 다시 한 번 기억을 되새겼다.
오늘, 처음으로 스포츠 도박에 대해서 알게 되는 것이다.
악마의 유혹이 시작되는 날이다.
정신을 바짝 차려야 했다.

웅성웅성.
사람들이 모여서 식판을 들고 있었다.
"왜 그렇게 멍해?"
근철이가 내 등을 쳤다.
"아냐. 아무것도."
그때 한 남자가 나타났다.
"어이, 잘 지내?"
"아, 승만이 형."
근철이가 아는 척을 했다.
근철이와 동향인 선배 형이었다.
그 덕분에 나도 알고 있었다.
"오늘 밤에 축구 경기 하는데. 다 같이 모여서 치맥, 오키?"
"좋죠. 좋죠."
근철이가 환하게 웃었다.
 최근 기숙사에 영국 프리미어 리그, EPL 붐이 한창 불고 있었다.

이제 인터넷으로도 해외 축구를 볼 수 있었던 것이다.

생각보다 은근히 재밌었다.

근철이도 어느새 EPL 팬이 된 상태.

나는 승만이 형을 빤히 바라보았다.

이제 이어지는 말이, 근철이와 나, 그리고 이곳 기숙사 사람들의 운명을 바꾸어 버렸다.

"그리고. 그냥 보면 심심하니까 말이야."

승만이 형이 살짝 목소리를 깔았다.

"뭐요?"

근철이가 승만이 형을 빤히 쳐다보았다.

하지만 나는 그가 다음에 할 말을 알고 있었다.

"치맥 값 벌이. 용돈 벌이용으로 돈 걸고 보자. 각자 만 원씩. 오키?"

돈을 건다는 말에 근철이가 고개를 갸우뚱거렸다.

"엣, 내기요? 근데 다들 같은 팀 응원하는 거 아니에요?"

모두 유명한 영국의 맨유팀을 응원하고 있었다.

그런 상황에서 내기를 걸 수는 없었다.

내기란 것은 서로 다른 방향으로 걸어야 성립하는 것이다.

모두 같은 팀에 돈을 걸면 내기 자체가 성립될 수가 없었다.

근철이가 고개를 갸우뚱거리자 승만이 형이 설명을 시작했다.

"충분히 가능해. 그러니까 말이야……."

승만이 형이 초등학생들에게 설명하듯 손을 들어 뭔가 말을 하려 했다.

물론 그땐 나도 그가 무슨 이야기를 하는지 모르고 그저 근철이 옆에서 눈만 껌벅이며 지켜봤을 뿐이었다.

하지만 나는 그가 할 말이 뭔지 이미 알고 있었다.

나도 모르게 먼저 말이 튀어나왔다.

"프로토 베팅하자는 거죠?"

나의 말에 승만이 형의 시선이 다시 나에게 쏠렸다.

그는 조금 놀랐다는 표정이었다.

"어, 너도 프로토 알아?"

"조금요."

물론 프로토가 무엇인지 알려 준 것이 바로 승만이 형이었다.

승만이 형과 그의 친구들이 프로토를 접한 후, 회사 기숙사에 순식간에 퍼트렸던 것이다.

3년 전의 그가 말이다.

"프로토가 뭔데?"

근철이가 눈을 껌벅이며 나에게 물어보았다.

나는 그를 쳐다보았다.

순간 잠시 고민했다.

이 자리에서 근철이한테 스포츠 도박을 가르쳐 주지 않

는다면 그는 다른 삶을 살게 될지도 몰랐다.

　하지만 이내 생각을 바꿨다.

　어차피 승만이 형과 그의 패거리 때문에 회사 기숙사에 스포츠 도박이 순식간에 퍼질 터였다.

　그럴 바엔 차라리 내가 기억하는 대로 시간이 흘러가게 만드는 것이 나았다.

　그리고 그것이 근철이를 지켜 줄 수 있는 좋은 방법일 수도 있었다.

　나는 살짝 어깨를 으쓱거리며 승만이 형에게 말했다.

　"저도 조금 들어서 아는 것뿐이에요. 잘 몰라요. 그러니 형이 설명해 주세요."

　나의 말에 승만이 형은 '그럼 그렇지.' 하는 표정을 지으며 프로토에 대해서 말을 꺼냈다.

　"프로토란 말이지……."

　그는 식판의 밥을 먹을 생각도 하지 않은 채 프로토에 대해 설명하기 시작했다.

　이미 이 당시에 프로토에 완전히 빠져서 중독된 상태였던 것 같았다.

　그리고 그는 베팅하느라 날린 돈을 복구하기 위해 사설 베팅 사이트에서 사람을 끌어오는 역할을 맡고 있었다.

　이른바 '총판'의 역할.

　추천인 코드를 입력받아서 그걸 입력하면, 승만이한테

토쟁이 • 45

일정 퍼센트의 돈이 떨어지는 것이다.

물론 지금에야 그게 보이지만, 그땐 전혀 모르고 있었다.

어디 한번 떠들어 봐라.

나는 속으로 그렇게 생각하며 그의 말을 들었다.

지금 다시 들으니 그의 실력은 지금의 나보다 훨씬 형편없었다.

경기의 배당률을 보는 법, 해외 배당과 국내 배당의 절삭률 등.

데이터를 보는 기초 자체가 잡혀 있지 않았던 것이다.

분석하고 연구를 해도 돈을 따기 어려운 것이 스포츠 베팅 프로토였다.

승만이처럼 아무 생각 없이 베팅을 한다면 필패였다.

그 와중에도 승만이 형, 승만이의 말은 이어졌다.

주변의 사람들은 뭐에 홀린 것처럼 그의 말을 듣고 있었다.

그들로서는 난생처음 듣는 이야기였던 것이다.

나 역시 승만이의 말에 빠진 티를 내면서 속으로 생각했다.

악마의 유혹.

평범한 사람이 빠지기 쉬운 제일 좋은 도박.

그것이 바로 스포츠 도박이었다.

♠ ♠ ♠

국가에서 합법적으로 인정한 도박.
강원랜드의 카지노.
경마공원의 경마.
그리고 스포츠 경기에 돈을 거는 프로토와 토토.

카지노는 저 멀리 강원도에 있기에 쉽게 가기 힘들다.
경마장도 접근성이 그리 좋다고 하기 어렵다. 더구나 날짜가 정해져 있다.
하지만 스포츠 도박은 차원이 달랐다.
경기는 매일같이 있고, 누군가는 이기고 누군가는 지는 것이다.
베팅은 복권방이 바로 주변에 있었고, 편의점에서도 할 수 있었다. 인터넷으로도 베팅이 가능했고 스마트폰으로도 베팅이 가능했다.
사람들은 경기에 돈을 거는 것 자체를 도박이라고 쉽게 생각하지 않는다.
하지만,
그 맛에 중독되는 순간,
돈을 모두 날리거나 죽어야 끊을 수 있는 무서운 정신병으로 발전하기 딱 좋았다.

자신뿐 아니라 주변 사람들, 그리고 가족까지도 파멸시키는 정신병.

"우와, 재밌겠네요."
"해 봐요. 괜찮아 보여요."
사람들이 모두 고개를 끄덕였다.
나는 그들을 바라보았다.
지금 승만이 형, 그러니까 스포츠 도박을 기숙사에 퍼트리고 있는 저자가 하는 말이 얼마나 위험한 것인지를, 그들은 아무도 모르고 있었다.
나도 그 당시엔 몰랐기에 딱히 할 말은 없었다.
으득.
나는 자신도 모르게 이를 악물었다.
진짜 나쁜 놈.
정말 나쁜 놈.
수많은 사람들의 인생을 파탄 나게 만든 원흉.
그에 대한 복수심.
징벌을 하기 위한 방법을 떠올리기 시작했다.
승만이는 그런 내 생각도 모른 채, 다시금 떠벌렸다.
"이건 나라에서 허용한 거라니까. 걱정 마."
프로토에 대한 설명이었다.
물론 거짓말은 아니었다.

실제 이 당시에 프로토는 합법적으로 운영되고 있었다.
하지만 그가 하는 것은 사설 베팅.
합법 프로토라면 결코 그가 하는 것처럼 베팅할 수가 없었다.
이곳에 있는 사람들이 잘 모른다고 보고, 자기 하고 싶은 대로 떠들고 있는 것이다.

스포츠 베팅은 도박으로 빠지는 기초 단계. 그야말로 첫 걸음이었다.
왜 당시에는 이걸 몰랐을까.
당시 나와 다른 이들은 그저 이것을 심심풀이 내기 정도로 생각했다.
하지만 도박은 도박.
그냥 심심풀이 내기 정도라면 결코 수많은 해외의 베팅 사업자들이 판을 치지 않을 터였고, 초거대 기업화된 엄청난 회사들이 나타나지 않을 터였다.
"매우 간단해. 축구 경기의 승패에 걸면 돼. 무는 재미없어. 승 아니면 패."
"돈을 걸어요? 어디에요?"
보통 내기를 할 땐 어느 한쪽이 승, 반대쪽이 패. 이렇게 걸었다.
그런데 도대체 누가 어디에 돈을 건다는 것인지 모르겠

다는 표정을 근철이가 지었다.

 나는 이미 잘 알고 있었지만 모르는 척 꾹 입을 다물었다.

 물론 예전의 나도 몰랐기에 저 말을 잘 듣고 있었을 터였다.

 "프로토는 베팅 회사가 정한 배당에 돈을 거는 거야."

 "베팅 회사요?"

 "응. 우리나라에서도 이제 프로토 베팅할 수 있거든."

 승만이 형이 최신형 스마트폰을 꺼내 들어 올렸다.

 물론 그 당시의 최신형.

 스마트폰의 등장 덕분에 프로토 베팅 등의 도박 베팅이 폭발적으로 늘게 되었다.

 스포츠 도박과 관련 온라인 도박은 모두 스마트폰의 대중화와 함께 시작되었다고 봐도 무방했다.

 "다시 말하지만, 이건 회사와 싸우는 거."

 "회사와 싸워요?"

 근철이는 귀를 쫑긋하고 듣고 있었다.

 아마 나도 저렇게 들었을 터였다.

 흔히 알고 있는 토토에 대해서 먼저 보면,

 예를 들어 축구의 승무패가 있다면 승, 무, 패에 사람들이 돈을 걸고 그중 절반은 토토 회사가 먹고 -물론 세금이니 기금이니 하면서 이런저런 걸로 다 떼 간다- 나머지 절반의 돈을 승, 무, 패에 건 돈의 비율만큼 나눠 먹는 것이다.

홈팀 기준 승에 돈이 많이 몰린다면 당연히 승에 걸었을 때에 받아갈 수 있는 돈의 비율은 낮아질 수밖에 없을 터였다.

그러나 프로토는 달랐다.

회사가 배당을 정했다.

예를 들어, 태국과 한국의 축구 경기가 있을 때, 홈팀 태국 기준으로 태국 승 9, 무 4.9, 패 1.18 이런 식으로 배당이 책정된다면, 한국이 이길 경우(홈팀 태국이 질 경우) 1만 원을 걸었을 때 1.18배인 1만 1,800원을 돌려받을 수 있는 것이다.

다만, 한국의 합법 베팅 사이트의 경우는 이런 식의 1폴(단폴) 베팅을 막아 두었기에, 다른 경기를 같이 묶어서 해야 하는 불합리한 점이 있다. 반대로 사설 베팅 사이트에서는 해외처럼 1폴 베팅이 가능하다.

다시 프로토로 돌아와서 생각한다면, 돈을 거는 베터 입장에서는 베팅 회사(프로토)가 제시하는 배당률을 보고 베팅을 하는 것이다.

그래서 베팅 회사와 돈을 거는 베터와의 싸움이란 말이 나오는 것이다.

승만이의 말이 이어지고 있었다.

오늘 경기를 하는 EPL의 맨유팀에 베팅을 하자는 말이었다.

맨유의 배당이 낮아서 딱히 큰 이득은 없지만, 맨유가 이기면 맥주와 치킨 값은 된다는 소리였다.

"좋아요. 좋아."

"오케이."

만 원 정도라면 다들 큰 부담 없었다.

그러다가 맨유팀이 이기면 오늘 치킨 값과 맥주 값은 버는 것이니 기분도 좋은 것이다.

"자, 그럼 지금 걸을게."

승만이가 돈을 걸기 시작했다.

만 원씩 내는 사람들을 보며 나는 생각했다.

다들 이렇게 토쟁이의 길로 빠지는 것이라고.

"여기요."

나도 무표정한 표정을 지으며 지갑에서 만 원을 꺼냈다.

그때의 나도 그랬기에 똑같이 따라 하는 것이다.

토쟁이.

프로토와 토토를 하는 사람들을 일컫는 말이다.

스포츠 뉴스 게시판의 댓글을 보라.

엄청난 양의 댓글이 달려 있을 것이고, 그중 상당수가 프로토와 관련된 내용일 터였다.

원래는 토쟁이들만 알아들을 수 있는 단어, 은어였지만 워낙 뉴스 댓글에 많이 달리고, 또 광범위하게 토토와 프로토가 확산되다 보니 이제는 조금만 스포츠 뉴스에 관심 있는 사람이라면 알 수 있을 정도로 단어가 정착되기도 했다.

"와, 이겨라. 이겨라."

"잘하네."

박지성이라는 걸출한 스타의 진출 덕분에 영국 EPL 팀에 대한 관심이 부쩍 늘어난 상황이었다.

딱히 한국의 프로 선수가 아니더라도 그저 팀 자체가 좋아서 응원하는 경우가 많았다.

한국의 K리그에 부족함을 느꼈던 많은 사람들이 영국 EPL 축구의 묘미를 알게 된 것이다.

서로 간의 상극과 승강제를 통한 치열한 순위 경쟁.

유명한 축구 플레이어들의 골의 향연.

그야말로 남자들이 주말 밤에 치킨과 맥주를 먹고 마시며 즐기기엔 딱 좋은 오락거리였다.

다들 맨유에 돈을 걸었고 재밌게 경기를 지켜봤다.

나도 화면에 빠져 있었다.

과거 예전의 기억 속에 어렴풋이 남아 있는 그때 그 경기.

처음으로 돈을 걸었고, 승리의 환호를 내질렀던 경기였다.

주변 사람들은 들고 있던 닭다리를 미처 다 먹을 생각도 못한 채 경기에 빠져 있었다.

단순히 그냥 응원하는 것과 달리, 직접 돈을 걸고 응원하는 것은 차원이 달랐다.

경기를 보는 즐거움을 2배, 아니 흥분감을 2배로 만들어주는 것이다.

"아후, 저게 안 들어가!"

"정말 답답하네."

화면을 보고 있던 남자들이 소리를 내질렀다.

하지만 나는 시큰둥했다.

어차피 누가 이길지를 알고 있었기 때문이었다.

다른 경기라면 몰라도 이날의 경기는 특별했던 것이다.

나도 원래라면 닭다리를 입에 문 채 맥주잔을 벌컥벌컥 들이켜며 응원했었을 테니까.

"아, 정말 답답하네."

"아구구."

"아, 저게 안 들어가?"

계속해서 골이 들어가지 않을 때마다 사람들이 탄식했다.

쉽게 맨유가 이길 줄 알았는데, 생각과 달리 경기가 너무 루즈했다.

상대팀이 철저하게 방어, 수비 모드로 나왔기에 그걸 뚫고 골을 넣는 것이 쉽지 않았던 것이다.

"아, 정말 경기 재미없네."

경기를 보고 있던 남자들이 하나둘 투덜거렸다.

평소 그냥 보는 경기였다면 이 정도 반응은 아닐 터였다.

하지만 지금은 돈을 건 상태.

신경이 날카로워질 수밖에 없었다.

나는 그들을 보며 속으로 웃었다.

'에휴, 겨우 만 원 건 것 가지고.'

아마 엄청나게 돈을 건 토쟁이라면 백만 원 이상 건 사람도 많을 터였다.

이른바 속칭 확실히 들어오는 경기였다. 맨유의 압승을 누구라도 예상했다.

그리고 진짜 토쟁이라면 이런 경기는 패스해야 했다.

먹어도 먹는 게 아니니까.

그리고 공은 둥글기에, 오히려 이런 경기에서 이변이 나면 그 충격은 이루 말할 수 없는 것이다.

사람들은 계속해서 맨유팀을 응원했다.

하지만 끝까지 골은 나지 않았고, 어느덧 추가 시간이 되었다.

"에휴, 끝인가?"

"쳇."

다들 포기할 즈음.

휘익.

고올!

"으와, 골이다!"

"아싸!"

경기 막판에 드디어 맨유의 골이 터졌다.

화면 속의 관중들과 선수들은 미친 듯 날뛰었고, 저 멀리 이국땅 대한민국에서도 치킨을 먹던 사람들이 대한 독립 만세를 외치듯 서로 얼싸안고 소리를 질렀다.

"드디어 넣었다!"

"와와아!"

함성이 울려 퍼졌다.

참으로 신기한 일이었다.

그냥 경기를 시청할 때에는 좋아하는 팀을 응원한다는 셈 치고 보던 자들이, 지금은 대한민국 국가대표팀이 일본 국가대표팀에게 역전승을 한 것인 양 환호하고 좋아하고 있었다.

이것이 바로 돈을 걸고 보는 경기의 마력이었다.

금액의 높고 낮음보다도 돈을 걸었다는 그 자체만으로 사람의 정신을 쏙 빼놓는 것이다.

"우와아아아."

"숨넘어가겠다."

나는 핀잔을 주었다.

옆에 있던 근철이는 거의 숨이 넘어갈 것처럼 보였다.

바닥에 쓰러져서 숨을 헐떡거리고 있는 것이다.

"치킨 값 벌었다. 다행이다, 다행."

녀석은 드러누운 채 그렇게 말을 하고 있었다.

얼핏 생각하면 참으로 어이없는 일이었다.

기껏해야 이득 본 금액은 몇천 원이었다.

나중에 근철이가 도박으로 손해 보는 금액은 이것의 몇백, 몇천 배에 달하는 것이다.

물론 그건 나도 마찬가지.

아마 기억을 돌이켜 보면 나도 근철이처럼 바닥에 누운 채 돈을 땄다면서 환호했던 것 같기도 했다.

지금 생각하면 실소가 절로 나오는 일이었다.

도대체 이게 뭐라고.

"이거 엄청 재밌네. 심심풀이로 딱이야."

근철이가 웃으며 말했다.

나는 그를 바라보며 웃었다.

아마도 과거의 나도 근철이처럼 웃었던 것 같다.

"자자, 치킨 값 벌었다. 맥주 값도. 하하."

승만이 형이 박수를 쳤다.

"어때? 괜찮지? 다음 경기도 또 베팅하자. 그리고 경기는 많이 있으니까, 궁금한 사람은 언제든지 나한테 물어봐."

토쟁이 • 57

사람들은 그냥 그런가 보다 했지만, 지금의 나는 알 수 있었다.

합법 프로토 베팅을 했다면 저렇게 말을 할 수 없었다.

지금의 경기는 맨유팀 하나만 결과가 나온 것이다.

즉, 이른바 단폴 베팅.

이렇게 한 경기만 베팅하는 것은 합법 프로토에서는 불가능했다.

전 세계에서 유례가 없는 한국의 악질적인 시스템.

조금 말이 심할 수도 있지만,

내 생각엔, 아니 한국에서 프로토를 하는 토쟁이들 입장에서는 그러할 터였다.

어이없게도 합법 프로토를 하는 사람들을 사설 베팅 사이트로 밀어내는 가장 큰 이유가 바로 단폴 베팅을 금지시키는 조치였다.

무조건 두 경기 이상을 걸게 만들어 버리는 바람에, 오히려 배당 높은 경기를 묶게 만들거나 아니면 무조건 저배당 경기를 묶게 만들어서 돈을 날리게 만드는 것이다.

하지만 단폴 베팅 문제를 생각할 틈은 더 없었다.

"재밌다. 재밌어."

근철이가 웃음을 터트렸다.

녀석의 눈이 돌아가 있었다.

말려야 했다.

더 이상 빠지면 위험했다.

근철이 녀석처럼 막무가내로 베팅하는 녀석이 스포츠 도박에 빠지면 답이 없었다.

"재미 삼아 하기 딱 좋지?"

나는 근철이에게 말을 걸었다.

"응."

근철이는 바로 반응했다.

그러자 난 단호하게 말했다.

"딱 맥주 값, 치킨 값 내기 정도로 하는 게 좋은데. 더 좋은 게 뭔지 알아?"

"뭔데?"

더 좋은 게 있다는 말에 근철이가 호기심 어린 눈으로 쳐다보았다.

나는 정답을 말해 주었다.

"그냥 베팅하지 마."

"뭐?"

"베팅하지 말고, 그냥 경기를 봐. 그게 제일 즐거워. 잘못하다가 스포츠 도박에 빠지면 인생 종 쳐."

"뭐? 너 오늘 이상하다. 아까도 그렇고."

근철이가 눈을 껌벅였다.

평소 보이는 나의 모습이 아니었던 것이다.

"아냐. 아무것도."

괜히 여기서 더 말을 꺼냈다간 이상한 사람으로 몰릴 수 있었다.

오늘은 그저 이긴 것에 대한 즐거움을 만끽하면 되는 것이다.

아직 시간은 많았다.

"재밌지? 어때?"

그렇게 말을 걸면서 사람들에게 바람을 넣고 있는 승만이 형.

"재밌어요."

"알려 줘서 고마워요."

사람들의 말에 그가 웃음을 터트렸다.

"하하. 뭘."

새로운 신세계를 전파했다는 으쓱거림.

하지만 내가 보기엔 아편을 파는 마약 장수처럼 보였다.

이 세상에서 제일 미운 원수가 있다면 프로토, 토토와 같은 스포츠 도박을 가르쳐 주면 된다.

그러면 알아서 인생 말아먹게 되니까.

"어때?"

승만이 형이 나에게도 말을 걸었다.

그는 내가 프로토에 대해서 조금 알고 있다는 투로 말을 했던 것을 떠올리며, 약간은 긴장한 것처럼 보였다.

"재밌네요. 대충 알고 있었는데, 형 덕분에 좀 확실히 감이 왔어요."

나는 아무것도 모르는 척하면서 승만이 형의 말에 적당히 맞장구를 쳐주었다.

"하하. 그렇지?"

몇몇 사람들은 승만이 형과 함께 벌써 다음 경기에 대한 베팅 이야기를 벌써 나누기 시작했다.

경기는 연속해서 이어졌던 것이다.

내일은 일요일이라 쉬는 날이었다.

밤새도록 맥주를 마시며 축구를 관람할 수 있었다.

아마 나도 이때 귀가 솔깃해서 승만이 형 옆에서 베팅에 대한 이야기를 들었던 기억이 났다.

특히, 나는 승부욕이 강했던 터라 이렇게 돈을 걸고 경기를 본다는 것에 대해서 강한 관심을 보였던 것이다.

옆에서 멍하게 있는 근철이와는 사뭇 다르게 말이다.

우걱우걱.

근철이는 사람들이 치킨에 관심을 보이지 않고 모두 몰려가서 베팅에 관심을 보이자, 홀로 앉아서 닭을 먹고 있었다.

"다음에도 또 돈 걸자. 재밌네."

내가 다가가자 근철이가 다시 말을 걸었다.

다른 사람들이 모두 몰려갔기에 딱히 말을 걸 사람이 나밖에 없었다.

"그래. 뭐, 재미 삼아 거는 건 괜찮지."

처음엔 근철이보고 아예 신경을 끄라고 말하려 했다.

하지만 이내 소용없는 일이란 것을 깨달았다.

어차피 내가 여기서 뭐라고 하든지 간에 기숙사에 있는 이상 토쟁이의 길로 나아가게 될 터였다.

그렇다면 내가 옆에 있으면서 적당히 조절할 수 있도록 조언을 해 주는 것이 더 나을 터였다.

거대한 시간의 흐름을 내 마음대로 바꿀 수는 없었다.

"정말로 재미 삼아 하는 정도, 딱 거기까지. 그리고 절대로 남의 돈으로 하진 말고. 세 달 치 월급 기준으로 네가 쓸 수 있는 돈의 범위 내에서 해 보고."

자살로까지 몰려 봤던 기억과 경험을 바탕으로 그에게 충고했다.

"웅? 그게 무슨 말이야?"

"아냐. 아무것도."

근철이가 아직 이해하기엔 너무 깊은 내용이었다.

나중에 차근차근 설명해 줘야 할 것 같았다.

잠시 후, 다시 돈을 거뒀고 이내 스페인의 유명 축구팀의 경기가 시작되었다.

사람들은 침을 삼키면서 경기를 보고 있었다.

"나 화장실."

"응."

경기 중간에 먼저 나와 화장실에 들렀다.

주위를 두리번거리다가 이내 홀로 있을 수 있는 용변 칸 안으로 들어갔다.

스륵.

지갑을 꺼냈다.

그곳엔 두꺼운 두께의 프로토 용지가 담겨 있었다.

합법 프로토 용지였다.

"키킥. 킥."

나는 홀로 키득거리며 웃기 시작했다.

맨유 경기는 맞힌 상태.

이다음 이어지는 스페인의 유명 프로 축구팀의 결과도 이미 알고 있었다.

그 당시에 다른 사람들처럼 만 원을 걸었던 것이다.

너무나 기억이 생생했다.

"어디 보자……."

용지를 한 장 꺼내서 다시 확인했다.

두 경기의 배당을 합치면 그래도 1.5배당 정도는 나왔다.

이른바 똥배당 중에서는 그래도 준수한 편이었다.

촤락.

10만 원 베팅으로 15만 원.

각 장당 5만 원씩의 이익.

그런 종이가 모두 20장이었다.

나는 저녁 식사 후, 기숙사 밖으로 나갔었다.

그리고 은행에서 가진 현금을 모두 뽑아서 근처 복권방을 돌아다니며 산 것들이었다.

몇 시간 사이에 백만 원의 이득을 본 것이다.

"크ㅎㅎㅎ."

나도 모르게 계속해서 웃음이 터져 나왔다.

왠지 모를 서글픔과 함께 실소가 담겨 있는 웃음.

"하하하."

주륵.

눈물이 흘렀다.

이유는 알 수 없었다.

다시는 스포츠 도박을 하지 않겠다고 다짐했건만, 단 몇 시간 만에 그 마음이 변한 것이다.

앞으로 3년간 벌어질 상당수 경기의 결과들이 나의 기억 속에 남아 있었다.

나름대로 경기 분석을 한다고 종이에 적어 가면서 경기 결과를 외우고 복기했던 것이다.

물론 모든 경기 결과를 다 외울 순 없겠지만, 오늘과 같은 특별한 경기들이나, 큰돈을 잃어버린 경우는 절대로 잊을 수가 없었다.

"아, 어쩌지. 미치겠네."

혼자 웃다가 울고.

다른 이가 보면 미친 사람으로 보일 터였다.
잠시 후, 나는 천천히 고개를 들어 올렸다.
두 눈에서 빛이 흘러나왔다.
"복수해야지."
나를 도박의 구렁텅이에 빠지게 한 자.
그리고 그 와중에 나에게 통수를 치고 등쳐 먹은 놈들은 많았다.
스포츠 도박을 퍼트린 승만이뿐만 아니라 그런 자들도 결코 그냥 놔둘 생각은 없었다.
"돈도 충분하니까."
탁. 탁.
합법 프로토 용지를 흔들었다.
이것의 유일한 장점은, 법의 테두리 안에 있기 때문에 문제될 일이 없다는 점이었다.
아무리 사설 사이트에 비해 적중 배당이 낮다고 해도 경기를 모두 맞힐 수만 있다면, 현금이 끊이지 않는 남자가 될 수 있었다.
지금의 나는 그야말로 초인적인 프로토 마스터였다.

제3장

통수 치는 자들

도박 중독자

통수를 피하기 위한 제일 중요한 세 가지.
첫째, 쉽게 돈을 벌 수 있다는 감언이설을 조심하자.
둘째, 모든 건 욕심에서 나온다. 욕심을 버리자.
셋째, 첫째와 둘째를 잊지 말자.

통수 치는 자들이 노리는 사람들의 특징을 보자.
무언가를 손쉽게 얻으려 하고 있으며, 누가 감히 자신을 속이느냐 하는 생각에 사로잡힌 자들.
이른바 허세에 가득 찬 사람들이었다.
통수는 심리 싸움이었고, 그 심리 싸움의 중심엔 욕심과 허세가 있다.

♠ ♠ ♠

덜컹.

"어이쿠, 왔어?"

회사 근처의 복권방.

평소 사람이 별로 없는 곳이었다.

어떻게 가게가 유지되는지 궁금할 정도였다.

"경일 씨, 요즘 잘 맞히네."

복권방 주인이 웃으면서 나를 맞이했다.

싱긋.

나도 같이 따라 웃어 주었다.

"요즘 운이 좋네요. 사장님이 좋은 경기들을 잘 추천해 주신 덕분이죠."

나는 그에게 일부러 모르는 척하고 경기 추천을 부탁했었고, 그중 들어왔던 기억이 나는 경기들 위주로 베팅하고는 했다.

내 기억이 정확하지 않은 것도 있었고, 일부러 내가 조금 틀리게 베팅한 것도 있었기에 다 맞히진 못했지만, 그 정도만 해도 복권방 사장이 보기엔 꽤 잘 맞히는 축에 속했다.

적어도 가게에 들르는 손님 중에서 순위를 매기면 열 손가락 안에 드는 고수로 보일 터였다.

"경일 씨도 정말 대단해. 어디 사이트 이용해?"

잘 찍어 주는 픽을 받는 사이트가 있냐는 말이었다.

픽이라는 것은 경기의 승무패를 예측해서 알려 주는 사이트였다.

무료 픽을 뿌리는 곳도 있지만, 그런 곳은 사설 베팅 사이트와 연결되어 사람을 모으는 이른바 총판의 역할을 하는 곳이 많았다.

유료 픽을 제공하는 사이트의 경우 가격이 상당했다.

하지만 과연 그런 가격에 걸맞는 픽을 제공하는지는 의문이 들었다.

"뭐, 그냥 순수하게 정보만 제공하는 사이트만 이용하고 있어요. 사장님도 마토 아시죠?"

나는 거짓말하지 않고 사실대로 말했다.

"아, 거기."

복권방 주인도 알고 있다는 투로 말했다.

줄임말로 '마토'라고 해서 순수하게 프로토에 등장하는 각 팀의 정보만 제공하는 사이트가 있었다.

초보들은 대부분 픽을 나눠 주는 곳을 선택했지만 극소수의 사람들.

정말로 경기 분석을 통해서 맞히려는 사람이나, 바로 픽을 찍어 내는 사람들이 이용하는 사이트가 있었다.

나도 우연히 알게 된 곳이었고, 사실 과거에는 거의 이용하지 않았다.

그냥 참고 사이트 정도였다.

하지만 지금은 아니었다.

그 당시에는 미처 몰랐던 각종 자료와 통계와 확률의 의미를 이제야 이해하고 있었다.

정말로 프로토, 스포츠 도박은 확률과 통계, 그리고 수학의 싸움이었다.

거기에다가 보이지 않는 손까지 개입이 되면 그야말로 예측 불가의 길로 빠지는 것이다.

이걸 몇 개 운 좋게 맞혔다고 해서 내가 고수라고 생각하고 전업 베터를 하겠다고 나대는 순간, 지옥행 특급열차를 타는 것이다.

"근데 거긴, 찍어 주는 것도 없이 자료밖에 없어서… 힘들지 않아?"

"그냥 뭐, 참고 삼아 보는 거죠. 하하."

복권방 사장에겐 적당히 둘러대었다.

"그리고, 사장님이 잘 추천해 주신 덕분도 있죠. 하하."

그를 치켜세웠다.

생각해 보니 지금 그는 그 말을 듣고 싶어 하는 것 같았다.

복권방에 올 때마다 이미 찍어 둔 팀들은 있었지만 일부러 복권방 주인한테 경기들을 추천해 달라는 말을 했고, 나의 베팅과 얼추 비슷하게 맞는 것들 위주로 베팅을 했던 것이다.

"사장님이야말로 고수죠."
"하하. 뭐."
복권방 사장도 웃기 시작했다.
칭찬을 싫어하는 사람은 없었다.
"나야, 이 바닥에서 오래 장사했으니까 말이야."
복권방 사장은 기분이 좋아진 것 같았다.
그러곤 하던 일을 계속했다.
위잉. 위잉.
파란색의 프로토 기계는 쉴 새 없이 돌아가고 있었다.
타탁. 탁.
50대 중반으로 보이는 복권방 사장은 쉴 새 없이 프로토 용지에 마킹하고 있었다.
본인이 베팅하는 것?
아니었다.
"어디 보자."
그는 안경을 탁탁 치면서 휴대폰 화면의 내용과 비교했다.
"32번에 승, 45번에 무……."
각 숫자는 이번 회차에 설정된 축구나 배구, 농구 등의 경기 번호였다.
그는 승무패가 제대로 마킹되었는지를 확인했고, 이후 베팅 경기 숫자, 최종적으로 금액 마킹을 확인했다.
위잉.

그걸 기계에 넣자 잠시 후 프로토 베팅 용지가 출력되었다.

"바쁘시네요."

나는 그에게 말을 걸었다.

손님은 나밖에 없는데 그는 일이 엄청나게 많이 밀려 있었다.

"아휴, 말도 마. 정말 단골들만 해 주고 있는데도 참 힘들어."

그렇게 말하며 그는 나에게 말을 걸었다.

"경일 씨도, 매번 기숙사 나올 필요 없이… 장부 거래 해 보는 게 어때? 원래 단골들만 해 주는 건데, 특별히 경일 씨는 믿고 해 줄게."

그가 사람 좋은 미소를 지으며 말했다.

전화 베팅.

이른바 장부 거래.

굳이 복권방에 나올 필요 없이 전화, 문자로 경기 베팅을 하고 적중 시 돈을 입금받는 방식이었다.

베터는 복권방에 미리 어느 정도의 금액을 맡겨 두고 장부 거래를 하게 된다.

5백만 원이나 천만 원. 그건 베팅하는 사람 마음이었다.

어차피 합법 프로토상 한 회차 -일주일에 두 번. 월요일 오후 2시, 금요일 오후 2시- 의 베팅 한도는 10만 원이지만, 그걸 지키는 베터는 거의 없었다.

 마음만 먹으면 백만 원이든 2백만 원이든 베팅이 가능했다.

 물론 나중에는 조금씩 제한이 가해지긴 했지만, 지금은 큰 제약이 없었다.

 실제로 다른 사행 산업인 경마나 카지노 등에서도 여러 가지 다양한 방법으로 베팅 금액에 제한을 걸지만, 사실상 무용지물이었다.

 "흠."

 나는 잠시 고민하는 척했다.

 복권방 사장의 속셈이 뭔지 이미 알고 있었다.

 물론 나중에 그의 속셈을 알고 기겁을 하고 화가 났지만, 이땐 정말 순진하게 그의 말에 넘어갔던 것이다.

 정직하게 장사하는 복권방 업자들도 많았지만, 이렇게 은근하게 베터들을 털어먹는 복권방 업주들도 있었다.

 그 수법을 모르면 눈 뜨고 당하는 것이다.

 그리고 자신이 당한 줄도 모르고 넘어가는 베터들도 많았다.

 내가 계속 고민하는 표정을 짓자 그가 다시 말을 꺼냈다.

 "우선 이백만 원. 걸어 놓고 해 봐. 힘들게 나올 필요 없고, 내가 적중되면 바로 처리해 줄게."

 항상 믿고 거래해 왔으니 특별히 해 주는 거라는 말을 잊지 않고 했다.

"이백만 원이라……."

그는 평소 내가 베팅하는 금액을 가늠해서 적당한 금액을 불렀다.

"불편하게 매번 은행에 가지 않아도 되고, 용지에 하나씩 마킹하느라 시간 허비하지 않아도 되고. 무엇보다도 은행 가서 돈 바꾸지 않아도 되고. 나도 경일 씨 덕분에 판매 수수료 먹어서 좋고."

그가 빙그레 미소를 지었다.

"여기 큰손들은 보통 천만 원 정도씩은 걸어 두고 해."

2백만 원이란 거금을 맡기는 조건이었지만, 그는 다른 이들에 비하면 별것 아니란 투로 말했다.

그리고 그것은 거짓말이 아닐 터였다.

천만 원이란 돈은 아마 기숙사 사람들에게 물어보면 열이면 열 많다고 하겠지만, 손님이 거의 없는 이곳 복권방이 운영되고 있다면 그건 사장이 따로 손님을 받는다는 의미였다.

그리고 크게 베팅하는 사람 입장에서는 천만 원은 그리 큰돈이 아니었다.

하루에 백만 원 베팅을 할 경우, 열흘이면 처리될 금액이었다.

스포츠 베팅의 무서운 점은, 바로바로 경기 결과가 나오기에, 아침에 베팅하고 그 결과를 본 후 다시 점심에 베팅하고, 다시 저녁과 밤에도 베팅할 수 있다는 점이었다.

베팅은 쉬지 않고 지속될 수 있었다.

돈만 있다면 말이다.

잠시 내가 생각에 빠져 있자 복권방 주인은 조금 기다렸다. 그러곤 다시 말을 꺼냈다.

"어때? 생각 있어?"

장부 거래를 제안하는 복권방 주인.

"아무한테나 제안하는 게 아니야. 경일 씨, 딱 보니 사람이 참 성실하고 꾸준해 보여서 그러는 거야."

"하하. 감사합니다."

보통 호구처럼 보인다는 말의 다른 의미와 같았다.

여기저기 말 퍼트리지 않고 입 닥치고 조용히 베팅만 잘할 것 같으니 제안을 한 것이었다.

그리고 제일 중요한 점.

어느 정도 돈이 있어 보이기에 이러는 것이다.

베팅을 하는 금액을 보면 대충 견적이 나왔다.

복권방 사장이 보기엔, 아직은 쓸 돈이 많이 여유 있는 토쟁이로 보였다.

건전지로 치면 아직 잔량이 만빵, 충분한 것이다.

그 건전지 약발이 다 떨어질 때까지 자신이 빨아먹겠다

는 말이었다.

"흠, 그럴까요?"

나는 마지못해 한번 해 보겠다는 투로 말했다.

"큰손들은 어떤 경기에 주로 베팅하나요?"

복권방 주인은 수시로 큰손, 큰손 거리면서 프로토 전업 베터들에 대한 말을 꺼냈던 것이다.

"큰손들은 말이야……."

그는 큰 비밀을 말한다는 듯 침을 잠깐 삼킨 후 대답을 해 주었다.

복권방에는 그와 나, 둘뿐이었다.

그러니 좀 더 대화가 수월했다.

"딱 보고 정말 들어올 경기만 찍어서 베팅해. 그러니까 느바 경기랑 축구, 확실한 경기 위주로."

느바는 미국 프로 농구 NBA를 의미했다.

무가 있는 축구와 달리 승패로만 결과가 나왔고, 농구는 다른 경기 중 강팀과 약팀의 실력 차이가 도드라지는 종목이었다.

예를 들어 홈팀의 승률을 비교해 봐도 승패가 갈리는 야구의 경우도 아무리 잘하는 홈팀의 승률이 60퍼센트 후반이면 꽤 준수한 편이라 할 수 있었지만, 느바의 경우는 잘하는 홈팀의 승률은 80퍼센트를 상회했다.

그야말로 확실히 들어올 경기는 들어온다는 말이 나올

수 있었고, 실제로도 전업 베터들 중 상당수는 미국 프로농구, 즉 느바 시즌에만 베팅을 하는 경우도 많았다.

그리고 느바 시즌이 유럽 축구 시즌이랑과 비슷하게 진행되었기에 서로 짝을 맞춰 베팅하기도 좋았다.

특히, 한국과 같이 강제 두 폴더 베팅을 해야 하는 상황에서는 한 경기는 반드시 들어온다고 가정하고 다른 한 경기에 모험을 걸어야 하는 경우도 많았다.

이때 느바 경기는 강팀과 약팀이 상대적으로 구분이 잘 되는 편이었기에 '축'으로 삼기 좋았다.

그 이유는, 통계적으로 보아 MLB 야구 경기의 경우 1위 팀의 승률이 아무리 높아도 70퍼센트를 넘기기 힘들었지만, 느바의 경우는 1위 팀의 승률이 90퍼센트가 넘는 경우도 나오기 때문이었다.

프로토에서는 '축'을 잡는 것도 매우 중요했다.

수익률에 있어서 엄청난 차이를 가져오기에 단순히 승패를 잘 맞히는 것보다도 어떤 축으로 어떤 조합을 만드는 가도 전략의 핵심이라 할 수 있었다.

다만 한국의 합법 프로토에서 느바 또한 배당이 형편없이 깎여 있었다.

제대로 축으로 잡을 만한 경기는 여지없이 1.1배당 내외의 똥배로 묶인 상황.

심한 것은 1.01배당으로 나왔다.

내가 잠시 배당표를 보는 도중에 복권방 주인의 말이 이어졌다.

"느바 경기들만 잘 찍어도 괜찮아. 큰손들은 배당은 작아도 확실히 먹을 만한 경기로 밀고 나가니까. 경일 씨도 제법 경기 잘 맞히니까, 잘할 수 있을 거야. 이거 꾸준히 매회차마다 삼십여만 원씩만 벌어도 한 주면 육십만 원, 한 달이면 이백사십만 원이야. 쏠쏠해."

그는 엄지손가락을 치켜들며 말했다.

프로토 베팅만으로 웬만한 중소기업 사원의 월급이 나온다는 말이었다.

귀가 솔깃할 수밖에 없었다.

"하하. 그러네요."

나는 웃음을 터트리며 말했다.

하지만 속으로 욕을 했다.

이 새끼가 어디서 약을 팔어.

진실과 거짓이 섞여 있는 말이었다.

그리고 나는 이 복권방 사장 놈 때문에 점점 헤어 나오지 못하는 스포츠 도박에 빠졌고, 그 와중에 이 새끼도 나한테 통수 치고 해 처먹은 돈이 상당했던 것이다.

"우선 이백만 원 입금할게요."

"오케이. 계좌 번호는 여기……. 그리고 당연한 거지만, 절대로 주변에 말하진 마. 정말 경일 씨니까 특별히 해 주는 거야."

"네. 네."

나는 연신 고맙다는 투로 말했다.

"사장님 덕분에 이제 회사 기숙사에서 매번 나와서 베팅 안 해도 되겠네요."

"그럼그럼. 앞으론 편하게 베팅하라고."

나는 미소를 지었다.

기숙사에는 이미 승만이 형, 그러니까 승만이가 퍼트린 스포츠 도박으로 인해 상당수의 사람들이 프로토에 빠져든 상태였다.

다행히 근철이는 내가 눈치껏 잘 막고 있기에 그래도 아직 심하게 빠진 상황은 아니었다.

나는 나에게 통수 친 복권방 사장, 그리고 악마의 도박을 퍼트린 승만이.

이 둘을 동시에 응징하기 위한 준비에 착수했다.

"어, 왔어?"

기숙사에 들어가니 삼삼오오 모여 있는 사람들이 있었다.

모두 표정이 심각했다.

이제 밤 10시가 넘으면 축구 경기가 시작하는 것이다.

정규 시즌은 거의 마무리를 향해 가고 있었다.

"분명히 홈팀이 이길 거야."

"아냐. 원정이 이길 가능성 높아."

사람들은 치열한 토론을 하고 있었다.

학창 시절에도 해 보지 않았을 토론을 여기서 하고 있는 것이다.

그때 한 남자가 메모지를 꺼내더니 뭔가를 계산하며 말했다.

"이미 강등 확정이야. 제대로 안 할 거야. 너 승점도 확인 안 했어?"

그의 표정이 매우 밝았다.

EPL은 승강제 시스템이었다.

하위권의 팀은 2부 리그로 강등되었다.

그리고 시즌 말미가 되면 이미 강등이 확정된 팀이 나올 수밖에 없었고, 오늘 있는 경기가 바로 그런 강등 확정팀이 벌이는 경기였다.

"아하, 그런가?"

"몰랐네."

그 말에 사람들이 그제야 고개를 끄덕였다.

대충 돈을 걸면서 베팅하긴 했지만 그저 유명한 팀 위주로, 좀 들어 본 팀 위주로 베팅을 했지 그런 것까진 신경 쓰진 않았던 것이다.

"너 조사 좀 많이 했네."

"에헴, 이 정도는 해야지. 크크."

그는 콧대를 높이 세웠다.

그러면서 이곳 기숙사에서 나처럼 이리 열심히 분석하는 사람이 어디 있냐는 표정을 지었다.

하지만 나는 그를 보면서 속으로 실소를 내질렀다.

어리석네. 그냥 패스해.

이런 경기는 패스해야 했다.

프로토 베팅에서 패스라 함은 경기를 베팅하지 않고 지나치는 것을 의미했다.

돈을 거는 베터가 할 수 있는 최고의 전술 중 하나였다.

중국 계략 중 '삼십육계 줄행랑'이란 것이 있었다.

실제로 삼십육계 중 서른여섯 번째 전법이 줄행랑이었기에 붙여진 이름이었다.

아주 똑같이 비교하긴 어렵지만 의미는 비슷했다.

현재는 시즌이 마감되고 있는 시기였기에 아예 강등이 확정된 팀의 경우는 승리의 유인 동기가 매우 약할 수밖에 없었다.

그렇다면 그런 팀의 상대편에 돈을 걸어야 하는가?

근데 막상 그것도 또 아니었다.

그런 팀을 상대할 경우, 너무 방심해서 일격을 먹는 수도 있었고 또는 이미 강등은 확정되었지만 끝까지 발악을 하며 싸울 수도 있었다.

 즉, 축구는 11명이 하는 경기였기에 이른바 스쿼드를 잘 짜야 했다.

 상대가 이미 강등 확정된 팀이라면, 그 상대팀 입장에서는 상대팀이 제대로 경기를 하지 않을 것이라고 미리 짐작하고 2군 스쿼드를 낼 수도 있었다.

 그렇게 되면 확실한 승리를 장담하기 어려웠다.

 그야말로 예측 불가능한 상황이 되는 것이다.

 나는 배당을 보았다.

 '이런 저배당 받고 베팅하면 안 되지. 쯧.'

 홈팀이 이미 강등 확정되었기에 홈팀을 상대하는 원정팀의 배당이 엄청나게 낮게 나온 상태였다.

 배당을 결정하는 오즈 메이커.

 그들은 이미 보통의 베터들의 심리를 꿰뚫고 있었다.

 그렇기에 원정팀의 배당을 형편없이 낮춘 것이다.

 하지만 만약 원정팀이 2군 스쿼드를 낸다면, 결코 이 배당을 받아먹으려고 원정팀의 승리에 돈을 걸면 안 되는 것이다.

 또 설사 1군 스쿼드를 낸다고 하더라도 앞서 말한 대로 각 팀의 마음가짐이 어떻게 될지 모르기에 정말 승패는 미궁으로 빠질 수밖에 없었다.

 꾹 참고 넘어가야 했다.

그것이 바로 패스의 묘미.

하지만 초보들이나 감정적으로 베팅하는 사람들은 눈에 보이는 모든 경기에 베팅을 하려 한다.

그러면서 손실을 점점 키워 나가는 것이다.

나는 사람들의 표정을 훑어보았다.

회사 기숙사에 프로토 열풍이 분 지 20여 일밖에 되지 않았지만, 그 열풍은 기숙사를 순식간에 집어삼켰다.

젊고 혈기 넘치는 남자들을 가장 손쉽게 잡아끌 수 있는 오락이었다.

경기 적중되는 날은 그야말로 술판이 벌어지는 날이었다.

하지만 점점 사람들의 표정이 나빠지는 것을 나는 알 수 있었다.

손실이 커지는 것이다.

'저러다가 회사 공금에 손댈 텐데.'

프로토 열풍 이후, 정확히 6개월 만에 회사 공금에 손을 대는 사태가 벌어졌다.

당장 돈이 없으니 야금야금 회사 돈을 꺼내 쓰고 메우고 하다가 결국 들통나는 것이다.

그때 정말 여럿 감옥 갈 뻔했다.

그러나 윗선에서 잘 막아서 문제 일으킨 사람들이 횡령된 금액을 모두 채워 넣은 뒤 회사를 사직하는 걸로 마무리되었다.

그때 그 사람들은 퇴직금도 거의 못 받은 것으로 기억이 났다.

그 돈으로 횡령 금액을 채워 넣은 것이다.

그리고 대대적으로 회사 기숙사 내에서 스포츠 베팅 금지가 시작되었다.

하지만 오히려 더욱 알음알음 지하로 숨어들었다.

애초부터 막을 수가 없었던 것이다.

나는 다시 사람들을 바라보았다.

시즌 초와 시즌 말미는 베팅을 해선 곤란했다. 하더라도 베팅 감각 유지 차원의 소액으로 해야 했다.

하지만 저들은 원정팀의 승리가 확정된 것인 양 들떠 하며 돈을 걸고 있었다.

"잠깐만 기다려 봐."

승만이 형이 돈을 쓸어 담고 있었다. 그가 현금을 받고 휴대폰으로 베팅을 하는 것이다.

그렇지만 이전처럼 그가 몽땅 다 베팅하는 것은 아니었다.

절반 정도는 직접 자기 스마트폰을 꺼내서 베팅하고 있었다.

그는 총판의 역할을 충실히 수행한 것이다.

나의 시선은 안경 쓴 남자에게로 향했다.

"야, 근철아."

"어, 경일… 야, 이거 봐."

질질질.

나는 근철이의 뒷목을 잡아끌듯이 하며 데리고 나왔다.

승만이 형이 그런 나를 힐끗 봤지만, 베팅하기 바빠서 그냥 무시했다.

덕분에 나는 근철이와 단둘이 이야기할 수 있었다.

"너도 베팅하게?"

"아우, 나 이거 따야 해."

"왜?"

"잘 들어 봐……."

근철이는 조금 전 나왔던 이야기를 했다.

홈팀이 이미 강등 확정된 팀이란 이야기를 풀어내며, 원정팀이 반드시 들어온다는 썰을 풀었다.

그렇게 말하며 그는 자신 있게 단언했다.

"배당을 봐. 원정팀 배당이 형편없잖아."

"응."

그건 사실이었기에 나는 고개를 끄덕였다.

원정팀은 저배당팀. 이른바 정배에 속했다.

"그러니까, 원정팀이 이길 거야."

"아니. 그건 아닌데."

"뭐? 너 내가 지금까지 했던 말 뭘로 들었어? 프로토란 말이야. 너처럼 그냥 막무가내로 하는 게 아니라……."

근철이가 감히 내 앞에서 프로토에 대한 썰을 풀어놓으

려 하고 있었다.

"정배는 오즈 메이커가 정한 가격일 뿐이야. 그리고 넌 지금 엄청나게 비싼 가격을 주고 물건을 사려 하고 있고."

"응, 뭐?"

경기의 배당을 가리켜 '가격'이라는 표현을 사용하는 나의 태도에 근철이가 눈을 껌벅였다.

하지만 지금은 일일이 설명해 줄 시간이 없었다.

지금의 나는 프로토에 대해 잘 모르는 일반인이었다.

너무 자세히 설명을 해 줄 수도 없었고, 또 해 준다고 해도 근철이가 잘 이해할 것 같지도 않았다.

"얼마 걸려고?"

곧바로 근철이가 쭈뼛거리며 지갑을 꺼냈다.

그러자 5만 원권이 보였다.

평소 녀석이 비상금으로 꼭꼭 담아 둔 돈이었다.

내 친구지만 정말 짠돌이였다. 그런 녀석이 5만 원이나 되는 거금을 꺼낸 것이다.

"그걸 다 걸려고?"

"응."

자신 있는 표정.

확실히 돈을 딸 수 있다는 생각이 얼굴에 어려 있었다.

이러면 무작정 하지 말라는 말로는 말릴 수가 없었다.

"왜 그렇게 고액 베팅하는데?"

물론 내가 한창 베팅할 때의 금액이나 전업 베터들의 기준으로 보면 푼돈 베팅이었다.

하지만 지금의 근철이에게 있어서는 엄청난 거금을 들이붓는 것이다.

그야말로 영혼의 베팅.

"돈 따야 해."

녀석의 말은 앞뒤 없었지만 난 금방 이해했다.

"너 얼마나 잃었는데?"

그동안 미처 신경 쓰지 못했는데 근철이도 돈을 좀 잃은 것 같았다.

"그러니까……."

30만 원을 2주여 사이에 잃었다는 말을 했다.

그러곤 너무 타격이 커서 베팅 금액을 높여서 이런 들어오는 경기는 꼭 먹어야 한다고 말했다.

"하아."

나는 한숨을 내쉬었다.

30만 원 정도 잃은 걸로 토쟁이들 앞에서 돈 잃었다고 말하는 건, 어이없어 실소가 나올 정도의 말이었다.

그런 껌 값 가지고 이러는 거야?

절로 그런 생각이 들었다.

하지만 근철이의 심정도 이해가 갔다.

아끼고 모으는 근철이 녀석의 입장에서 2주 사이에 30

만 원을 잃었다는 것은 엄청난 큰 사건일 터였다.

어쩌면 과거의 나도 근철이와 비슷한 심정이었을지도 몰랐다.

다만 지금은 그 정도 금액을 손해 보는 것은 손해로도 쳐주지 않는 상황이니 이리 담담한 것일 수도 있었다.

나는 근철이가 이러는 근본적인 이유에 대한 대답을 해주었다.

"본전 생각나는 거지?"

"응?"

"지금 본전 생각 때문에 이러는 거지."

끄덕끄덕.

근철이가 그렇다는 제스처를 취했다.

프로토에서 제일 위험한 것.

아니, 모든 도박에서 제일 위험한 것이 바로 본전 생각이었다.

♠ ♠ ♠

경제학에서 '매몰 비용'이라는 단어가 있다.

이미 매몰되어 버려서 다시 되돌릴 수 없는 비용을 의미했다.

이미 쓴 비용 중 회수할 수 없는 비용을 말하며, 함몰 비용이라고도 한다.
 여기서 '매몰 비용의 효과'라는 것도 등장한다.
 이미 투자한 시간과 비용을 계속 유지하려는 현상을 보이는 것을 의미한다.
 돈이나 노력, 시간 등이 일단 투입되면 그것을 지속하려는 강한 성향이 있다는 것이다.
 이는 자신의 과오를 인정하기 싫어하는 자기 합리화 욕구 때문에 발생한다는 견해가 유력하다.
 스포츠 도박에 있어서 본전 생각과도 비슷했다.
 일단 날려 버린 돈은 어쩔 수 없었다.
 토사장이 다시 돌려줄 리도 만무했다 -물론 사설 사이트에서는 꽁짓돈으로 조금 돌려주기도 하나, 이건 계속해서 베팅을 하게 만드려는 상술이다- 그렇다면 바로 베팅을 포기하고 그만둔다면 가장 적은 손실로 마무리 지을 수 있었다.
 하지만 대부분의 사람들은 '본전만 따고 그만둬야지.' 하는 생각을 하면서 베팅을 계속하게 되고, 결국 단기간에 빠르게 복구를 하기 위해서,

1. 확률이 적은 고배당을 노린다.
2. 베팅 금액을 높인다.
3. 위 1과 2의 방법을 동시에 사용한다.

의 방식을 쓰게 되는 것이다.

그리고 그와 동시에 기하급수적으로 손실이 늘어나는 것이다.

지금 내가 보기엔 근철이는 2번의 방법을 사용 중이었다.

하지만 여기서 돈을 날리면 이제 3번의 방법에 빠지는 것이다.

"잘 들어, 근철아. 이건 너와 나만의 비밀이야. 내가 프로토로 돈 딴 것 알려 줄게."

나는 그를 화장실로 데려가며 말했다.

"돈을 땄다고?"

그는 빨리 베팅해야 하는데 내가 계속 막으니 조바심이 나는 것 같았다.

하지만 돈을 땄다는 말에 호기심을 보였다.

"이거 봐. 내 적중 용지들."

"어… 어어?"

그의 눈이 동그래졌다.

적중된 프로토 용지들이 지갑에 5장이나 있었던 것이다.

"우와, 너 대단하다."

그가 한 장씩 금액을 확인했다.

모두 풀베팅.

10만 원짜리 베팅으로 2배가량씩 먹은 것이다.

"이야, 너 프로토 도사네."

근철이의 눈이 움직일 생각을 안 했다.

"아휴, 너 평소엔 아웃 오브 안중처럼 굴더니."

도박이란 게 참 무서운 게, 절친한 친구도 도박 때문에 멀어지게 만드는 것이다.

하지만 공통의 관심사인 도박과 관련된 이야기를 하니 금방 정신을 집중하는 것이다.

"나 이래 봬도 꽤 잘 맞혀. 너 나만 따라오면 본전 찾아."

"우와. 우와."

녀석은 침을 꿀꺽꿀꺽 삼켰다.

"이거 다 합치면 백만 원 넘는 거 아냐?"

용지 금액을 확인하던 근철이가 말했다.

10만 원 베팅으로 2배 조금 넘는 배당. 그런 적중 용지가 5장이니 백만 원이 넘는 것이다.

"너 대단하다. 어떻게 십만 원 풀베팅을 할 생각을 했어? 떨리지 않아?"

근철이 입장에선 정말 놀라운 일로 보이는 것 같았다.

하긴 이곳 기숙사 사람들 대부분이 그러할 터였다.

그의 질문에 내가 천천히 대답했다.

"정말 신중하고 신중하게 고른 거지. 그리고 정말 운이 좋았던 거고. 베팅 금액은 네가 정말 신중히 잘 생각해. 괜히 어설프게 나처럼 풀베팅 때렸다가 나중에 침대에서 일어나지도 못하고 끙끙댈 수 있어."

"어. 알았어."

녀석은 조금 전까지의 퉁명함은 사라지고 나를 완전히 신흥 종교 세력의 교주를 보듯이 바라보고 있었다.

토쟁이에게 있어서 경기를 잘 맞히는 사람은 절대 유일신과 마찬가지였다.

전교 꼴찌가 전교 1등을 부러워하는 것과도 비슷할 수 있었다.

"비밀 꼭 준수해."

나는 근철이에게 다시 한 번 비밀 엄수를 다짐시켰다.

"응. 알았어."

녀석의 눈이 초롱초롱 빛나고 있었다.

"그럼 오늘 경기는 누가 이길 것 같아? 넌 홈팀이 이긴다고 보는 거야?"

"아, 그건……."

잠시 머릿속의 기억을 떠올리려 했다.

하지만 이 경기는 기억에 없었다.

모든 경기를 기억하는 것은 아니었기에 어쩔 수 없었다.

하지만 이 말은 확실히 해 줄 수 있었다.

"나라면 이 경기, 패스할 거야. 먹어도 딱히 크게 남는 게 없고, 적중되지 않으면 손실이 너무 커."

그렇게 말하며 나는 근철이가 잊고 있는 사실 하나를 지적했다.

"경기는 많아. 계속해서 경기가 있어. 이 경기 하나로 모든 걸 다 이루려 하지 마."

"알았어."

스포츠 도박에 빠진 초짜들이 벌이는 가장 큰 실수가, 베팅할 수 있는 모든 경기마다 모조리 베팅을 거는 실수였다.

이 경기에 베팅하지 못하면 세상 망하는 것인 양 무리하게 베팅을 하는 것이다.

하지만 제대로 분석되지 않은 경기에 베팅을 하는 것은 자살골을 넣으러 달려가는 선수와도 같았다.

그냥 눈 감고 찍는 것이 더 승률이 좋을 수도 있었다.

그런 초보 베터들의 심리까지 다 이용해서 배당을 만드는 것이다.

그래서 처음에 그냥 막 찍을 땐 잘 맞더니, 막상 분석하니 경기가 하나도 맞지 않는다는 말이 만들어졌다.

"본전만 찾으면 그만둬."

"진짜 본전만 찾으면 그만둘 거야."

나는 근철이에게 다짐을 받았다.

하지만 그가 그 말을 지킬지는 의심이 들었다.

"하아."

난 한숨을 쉬었다.

도박은 정신병이었고 중독성 강한 마약이었다.

한번 빠지면 헤어 나오기 힘들었다.

담배를 끊는 사람을 보고 독하다고 하는데, 도박은 담배보다도 더 중독성이 심한 것이다.

마약과 같은 도박.

마약을 잡는 노력의 10분의 1만 도박 방지에 쏟아부어도 국가 경쟁력이 살아날 터였다.

지금은 스마트폰을 통해 마약이 대량 유통되고 있는 시급한 상황.

몇 년 안 가서 2010년대 중, 후반이 되면 10대 애들도 스포츠 도박에 빠져서 큰 사회문제가 될 터였다.

"내가 지켜볼 거야."

나는 근철이에게 다시 한 번 주의를 주었다.

"본전만 찾으면 정말 그만할게. 약속."

그러니 본전 찾을 수 있게 꼭 좋은 경기 찍어 달라는 말을 근철이가 했다.

"나만 믿어."

나의 베팅만 따라온다면 절대로 손해를 볼 수 없었다.

근철이에게 괜찮은 경기가 보이면 꼭 알려 준다는 약속을 했다.

그리고 본전이 되면 다시는 스포츠 도박에 얼씬하지도 않겠다는 약속도 받았다.

근철이 같은 성격은 절대로 도박, 특히 스포츠 도박에 발을 들이면 안 되었다.

 나도 마찬가지이긴 하지만, 오히려 사회적으로 소심한 사람들이 더욱 깊숙이 빠지기 쉬웠고 극단적인 선택으로 몰리기 쉬웠다.

 스포츠 경기 자체가 혼자서 즐기기 딱 좋았던 것이다. 그러는 와중에 경기를 분석해서 돈을 번다는 개념은, 혼자서 조용히 지내는 남자들의 취미로 삼기에도 딱 좋았다.

 한국 사회의 홀로 지내는 남자들이라는 엄청난 시장을 가진 마약 산업.

 그것이 스포츠 도박 산업이다.

제4장

일관성의 법칙

도박 중독자

마케팅에서 언급되는 여러 가지 룰이 있다.
그중 몇 가지를 보면 아래와 같다.

첫째, 샘플을 받아 본 상품은 사게 될 가능성이 높다.
둘째, 한정 판매, 특판이라는 말에 귀가 솔깃해진다.
셋째, 순위권에 있는 베스트 상품은 그 자체만으로도 더 많이 팔린다.
넷째, 내가 선택한 상품이 최고라 믿고 싶어 한다.

그중 넷째를 가리켜 이른바 '일관성의 법칙'이라 부른다.
자신의 구매를 합리화시키기 위한 다양한 이유가 등장

하는 것이다.

 하지만 그것은 결국 일관적으로 자신의 구매가 정당하다는 부연 설명에 부과했다.

 구매를 한 후에 그 제품에 대한 부정을 하는 것은 곧 자기 자신에 대한 부정이나 마찬가지였기 때문이었다.

 베팅에서도 이와 같은 일들이 벌어진다.

 이건 어느 정도 베팅을 해 본 베터들, 이제 좀 경기 분석을 할 줄 안다고 깝죽거리는 베터들이 쉽게 걸리곤 했다.

 근철이의 문제를 해결한 후 나는 승만이 형을 찾았다.

 그는 기숙사에서 여전히 사람들을 스포츠 도박의 세계로 안내 중에 있었다.

 나름대로 총판 역할을 충실히 수행하는 것이다.

 사설 베팅 회사에서 보너스를 두둑이 챙겨 줘야 할 것 같았다.

 "형, 요즘도 계속 경기 잘 맞히는 거예요?"

 내가 넌지시 물어보았다.

 그러자 그가 어깨를 으쓱거리며 말했다.

 "하하하. 나야 뭐, 매달 엄청 수입 지르고 있지."

 그가 허세를 떨었다.

하지만 내가 보기엔 총판질로 해서 번 돈을 스포츠 베팅으로 다 꼬라박고 있는 것처럼 보였다.

사람들을 끌어들이지 않았다면 진작 지갑에 구멍이 텅텅 났을 터였다.

흡사 다단계에 끌어들이면서, 수입 좋다고 뻥을 치는 사람처럼 보였다.

"좀 있음 경기 시작이다."

다들 우르르 몰려갔다.

돈을 걸고 보는 경기이니 만큼, 다들 두 눈이 빛나고 있었다.

"곧 베팅 마감하겠네요."

나는 시간을 확인하며 말했다.

그가 이용하는 사설 베팅 사이트의 경우 경기의 시작 직전까지 베팅이 가능했다.

나는 그의 손이 미세하게 떨리고 있는 것을 보았다.

빨리 경기 베팅을 해야 하는데 내가 계속 말을 걸어서 고민하는 것처럼 보였다.

"이번 경기는 누가 이길 것 같아요? 원정팀이 이기겠죠? 홈팀은 강등 확정이니까요."

나는 그에게 바람을 넣기 시작했다.

"당연하지. 크크."

나는 근철이에게 했던 말과는 전혀 반대로 그에게 말을

걸었다.

　나와 그의 생각이 동일하다는 것을 확인하자 그는 더욱 기세등등했다.

　잠시 후, 그는 휴대폰을 꺼내어 원정팀의 승리에 돈을 걸었다.

　자세히 보진 못했지만 그리 많은 돈은 아닌 것 같았다.

　'충전된 콩이 꽤 되네. 총판질로 번 것인가?'

　승만이 형이 가입시킨 사람들이 충전한 콩, 그러니까 현금의 비율에 따라 총판 수익으로 따로 받는 금액이 상당할 터였다.

　원래 자금은 많이 날린 것 같았지만 콩은 여유가 넘쳤다.

　기실 수백만 원어치는 되어 보였다.

　총판질도 자리만 잘 잡으면 엄청 돈을 잘 벌 수 있다는 것을 그가 보여 주고 있었다.

　그 정도로 사설 베팅 사이트의 수입이 엄청났던 것이다.

　잠시 생각하던 나는 그에게 말을 걸었다.

　"저도 원정에 돈 걸게요."

　"아, 그래?"

　"대리 베팅 부탁요."

　사실 대리 베팅을 해 주는 것만 해도 승만이 형 입장에서는 나름 쏠쏠했다.

　베팅에 따른 사이트의 추가 적립금 등도 있었던 것이다.

모두 합법 베팅 사이트에서는 없는 프로모션이었다.

"얼마나 베팅하게? 만 원? 이만 원?"

기숙사 사람들이 거는 돈이 어느새 평균 3만 원에서 5만 원까지 오른 상태였다.

하지만 나는 그동안 승만이 형에게 대리 베팅을 맡긴 적이 없었기에 그는 예전에 치맥 내기 할 때의 금액 정도의 수준으로 불렀다.

싱긋.

나는 그것보단 좀 더 많이 건다는 투로 말했다.

그를 잡기 위해선 아깝지만 돈은 좀 써야 했다.

그리고 나에게 있어서 그를 잡는 데 들어갈 정도의 돈은 큰 문제가 되지 않을 터였다.

촤락.

나의 손에서 5만 원권 지폐들이 흘러나왔다.

"이 정도요."

"얼마나… 헉! 이렇게 많이?"

승만이 형이 놀란 표정을 지었다.

내가 지갑에서 5만 원권 10장.

총 50만 원이나 되는 돈을 꺼낸 것이다.

내가 보기엔 푼돈이었다.

승만이 형이 놀라는 게 어색할 정도였다.

나는 이미 몇 배의 돈을 며칠 동안의 베팅에서 벌었다.

하지만 이곳 기숙사 사람들의 물가 기준으로 보면 거액의 큰손 베팅이었다.

"오십만 원. 원정팀 승리요. 이건 걸면 그냥 돈 버는 경기예요. 이럴 때 돈 벌지 않으면 언제 벌어요?"

악마의 속삭임.

꿀꺽.

내 말을 들은 승만이 형이 침을 삼켰다.

그의 시선이 내가 건넨 5만 원권에 쏠렸다.

"진짜 거는 거지?"

그가 다시 한 번 확인했다.

베팅한 이후에는 물릴 수 없다는 의미였다.

"네. 네."

"그래, 알았어."

그가 돈을 받은 후, 대리 베팅 처리를 해 주었다.

나는 그가 내가 준 대로 베팅한 것을 확인한 후 한 번 더 확인 사살을 했다.

"형은 어디에 베팅하시게요?"

그가 원정팀 승리를 이야기하면서도 그곳에 베팅하는 것은 주저하고 있다는 것을 파악한 것이다.

'어쭈, 제법이네. 그래도 프로토 베팅 짬밥이 있다는 건가?'

프로토 베팅을 해 본 경험이 있기에 쉽게 원정팀 승리에 베팅하지 못하고 있었다.

자세히는 잘 몰라도, 뭔가 찝찝하다는 생각이 그의 마음속에 있는 것이다.

이대로 물러날 순 없었다.

나는 바람을 잡기 시작했다.

"이런 경기 안 먹으면 뭐 먹어요? 하하."

근철이가 없었기에 편하게 말을 했다.

아마 그가 봤으면, '우씨, 나한텐 베팅하지 말라고 해 놓곤.' 이러면서 쓸데없는 말을 했을지도 몰랐다.

"그렇지? 너도 그렇게 생각하지?"

그가 고개를 끄덕였다.

그러자 나는 안전장치를 가동했다.

"뭐, 베팅은 각자의 판단이니까요. 어쨌든 전 돈 걸었어요. 풀로 달려요."

"그래그래."

그 말에 승만이 형도 귀신에 홀린 듯 베팅을 하기 시작했다.

50만 원이란 거금을 덜컥 건 사람을 보니 자신의 베팅 금액이 초라해지며 판단력이 흐려진 것이다.

베팅을 앞두고는 베팅 금액 조절도 중요했다.

쉽게 딱 한 줄로 정리하면,

딸 때 많이 따야 했다. 그리고 베팅 금액은 일정하게 조절이 필요했다.

잃을 땐 많이 잃고, 막상 딸 땐 똥배 조금만 먹게 된다면 금방 적자에 빠지는 것이다.

주식으로 말하면 '싸게 사서 비싸게 팔아라. 그리고 그게 어렵다면 무릎에서 사서 어깨에서 팔아라.'라는 말과도 비슷했다.

그리고 그처럼 정하기 어렵기도 했다.

"오십만 원이라……. 맞아. 이건 이길 수밖에 없는 경기야."

"맞아요. 이 팀 상대 전적을 보면……."

대충 나는 해당 팀에 대한 썰을 풀었다.

하지만 그런 것은 크게 중요한 것이 아니었다.

그런 분석은 '베팅 전'에 해야 했다.

엄밀히 말하면, '베팅할 팀을 정하기 전'에 해야 하는 것이다.

베팅을 한 후, 또는 베팅할 팀을 정한 후에, 이런 분석을 하는 것은 어리석은 짓이었다.

마케팅의 법칙 중 일관성의 법칙.

분석에 맞춰 베팅을 하는 것이 아니라, 자신의 베팅에 따라 각 팀에 대한 분석을 하게 되는 것이다.

예를 들어 A라는 팀이 이긴다는 베팅을 한 다음에, A팀이 이길 수밖에 없다는 이유를 분석을 통해 밝혀내는 식.

선후가 바뀐 것이었고, 베팅을 하는 상황에서는 제일 조심해야 하는 상황이었다.

이것은 베팅을 어느 정도 한 사람도 덜컥 넘어가기 쉬웠다.

결국 이런 것도 일관성의 법칙에 해당되는 상황이었다.

"근데 배당이 너무 낮네요. 이런 경기는 좀 왕창 따서 먹어야 하는데요."

그도 나를 따라서 베팅했고, 금액을 흘끗 보니 20만 원 정도 되는 것으로 보였다.

"전 정말 확실히 먹을 것 같은 경기는 제대로 질러요. 남자는 질러야 할 때 질러야 남자죠."

다시금 그를 부추겼다.

"흠……."

그는 잠시 고민하는 것 같았다.

"참, 수익은 좀 괜찮으세요?"

내가 그의 아킬레스건을 건드렸다.

토쟁이치고 돈을 버는 자는 0.1퍼센트나 될까?

대부분 돈을 잃는다고 봐도 무방했다.

그리고 토쟁이들이 돈을 잃고 망하는 이유는 보통 '본전 생각' 때문이었다.

그래서 근철이한테 진지하게 경고를 했던 것이다.

나 자신도 따지고 보면 본전 생각 때문에 망한 케이스였으니까.

"뭐, 괜찮게 벌고 있어. 하하."

그는 웃음을 터트렸다.

이런 상황에서도 결코 돈을 날렸다는 말은 하지 않는 것이다.

돈을 잘 번다고 말해야 사람들이 총판인 자신을 따라 보다 더 적극적으로 스포츠 도박에 참여하게 되기에.

빙글.

그는 몸을 돌린 채, 자신의 스마트폰을 만지작거렸다.

디딕. 틱.

눈치를 보니, 사이트에 충전한 콩들을 모조리 쏟아붓는 것처럼 보였다.

콩이라 함은 현금, 돈을 의미했다.

"이겨라. 이겨."

승만이 형은 평소와 다르게 격렬하게 응원을 했다.

"으아, 경기 안 풀리네."
"이거 강등팀 맞어?"
사람들이 웅성거렸다.

밖에서 살짝 고개를 내밀어 화면을 쳐다본 근철이는 후반 마감 시간임에도 불구하고 0 대 0인 것을 확인하자 내심 안도의 숨을 내쉬었다.

"나 자러 간다."
"응."
나는 근철이를 빨리 보냈다.
녀석이 있으면 제대로 작업을 치기 힘들었다.
"으아, 미치겠네."
"와 저러노!"
사람들은 놓여 있는 치킨이나 맥주에 입도 대지 않았.
다들 다 죽어 가는 사람의 표정을 지으며 화면만 바라볼 뿐이었다.

살아 있는 시체.
내 눈엔 그렇게 보였다.
아마 내가 한창 스포츠 도박에 빠졌을 땐, 다른 사람의 눈에도 내가 저렇게 보였을 터였다.
그렇게 생각하니 조금 부끄러워지기도 했다.
"아, 씨발. 씨발."
후반 5분이 남게 되자, 드디어 승만이 형의 입에서 욕설이 흘러나왔다.

나도 대충 심각한 표정을 지었다.

후반 1분이 남자 승만이 형의 안색이 창백해졌다.

그러곤 나를 힐끗힐끗 보았다.

나도 얼굴을 푹 숙이며 답답하다는 표정을 지었다.

그러자 그도 더 이상 나를 쳐다보지 못하고 다시 화면을 보았다.

나도 거금을 걸었다는 것을 알고 있기에 차마 뭐라 말을 못하는 것이다.

아마 내가 돈도 걸지 않고 그에게 원정팀 승리를 꼬드겼다면, 지금 주먹다짐이 일어났을지 몰랐다.

본전 생각을 하며, 그걸 회복하기 위해 가진 돈의 상당수를 몰빵, 영혼 베팅을 한 것 같았다.

나는 겉으로는 심각한 표정을 지었지만 속으론 될 대로 되란 식으로 편안하게 경기를 관람했다.

추가 시간 4분.

심판이 그렇게 표시했다.

"우아, 제발. 극장 골!"

"극장 골!"

사람들이 외쳤다.

대부분 원정팀 승리, 그러니까 배당상 홈팀 패에 돈을 걸었기에 이대로 게임이 끝나면 돈을 날리게 되는 것이다.

주변은 고요하기 이를 데 없었다.

"으음."
"으아아."
괴상한 소리까지 흘러나왔다.
이것이 단 몇 주 만에 바뀐 기숙사 풍경.
참으로 놀라웠다.
모르는 사람이 외부에서 우리를 바라본다면 집단으로 정신병에 걸려서 화면만 멍하게 바라보고 있다고 생각할 터였다.
힐긋.
나는 시계를 봤다.
1분쯤 남은 것처럼 보였다. 승만이 형의 얼굴에서 땀이 비 오듯 흐르고 있었다. 그리고 사람들의 표정은 대부분 비슷했다.
원정팀의 마지막 공격이 시작되었다.
그리고 기적이 일어났다.
아니면 보이지 않는 손일지도 몰랐다.
심판의 손이 올라갔다.
축구 경기에서 그라운드의 지배자는 심판이었다.
그의 마음먹기에 따라 경기의 승패가 순식간에 바뀔 수 있었다.

"어, 어어."
"와! 페널티킥이다!"
사람들이 환호했다.
몇 명은 바닥을 구르기 시작했다.
화면에서 홈팀의 선수들이 항의하는 것이 보였다. 하지만 판정은 번복되지 않았다.
느린 플레이 화면이 다시 등장했다.
다소 애매한 화면이었다.
하지만 심판은 연장이 얼마 남지 않은 상황에서 페널티킥을 줘 버렸다.
"와! 만세!"
"심판 만세!"
사람들은 골이 들어간 것인 양 환호했다.
나는 어색한 미소를 지었다.
어쨌든 나도 대외적으론 원정팀의 승리에 돈을 걸었으니 좋아하는 척을 해야 했다.
축구에선 오심도 경기의 일부란 말이 예전부터 나왔지만, 스포츠 베팅이 활성화된 지금에 있어선 엄청난 돈을 움직이는 권한이 심판의 손에 들어간 것이나 마찬가지였다.
"심판이 원정팀에 베팅했나 보다. 하하."
"우하하."
확실한 증거는 아무것도 없었다.

그리고 보통 경기 관계자들은 베팅이 금지되어 있었다.

하지만 토쟁이들은 이런 상황이 벌어지면 다 같이 합심으로 '심판이 돈 걸었나 보네.'라는 말을 내질렀다.

반대편이면 욕하는 것이고, 같은 편이라면 지금처럼 만세를 부르는 것이다.

"우리야 고맙지, 뭐. 크."

"우리뿐만 아니라 아마 지금 전 세계의 토쟁이들이 똑같이 바닥을 구르고 있을 거라고."

"아, 그렇겠네."

한국, 터키, 중국, 프랑스, 독일, 영국, 미국 등에 산재한 토쟁이들이 공통적으로 보이고 있을 모습이었다.

하지만 페널티킥이라고 해도 확실히 결과가 나온 것은 아니었다.

잠시 숨을 고르던 선수가 이내 공을 찼다.

출렁!

"고오오올! 골입니다! 와아!"

제일 가까이서 보고 있던 남자가 몸을 흔들며 소리쳤다.

"와!"

"골이다!"

사람들은 서로 얼싸안으며 감동 어린 표정을 지었다.

무슨 조국 독립을 맞이하는 사람들의 모습을 보는 것 같았다.

삐익. 뻑. 삐빅!

잠시 후, 경기가 마무리되었다.

카메라 화면이 잠시 심판을 비추고 아까의 페널티킥 화면을 다시 비췄다.

지금 다시 보니 페널티킥을 줄 만하기도 했던 것 같았다.

'그럼 홈팀 녀석이 원정팀에 베팅한 건가? 아님 둘 다? 에잇, 몰라.'

어차피 내 알 바 아니었다.

"이겼다. 이겼다."

"역시 이길 놈은 이긴다니까."

"후아, 얼마 안 되는 것 먹으려다 죽을 뻔했네."

사람들은 각양각색의 반응을 보였다.

"이야, 살았다."

승만이 형이 죽다 살아난 사람의 표정을 지었다.

하지만 이내 환하게 미소를 지었다.

이 세상 모든 것을 다 가진 사람의 표정.

토쟁이가 돈을 땄을 때 보이는 미소였다.

"쑤아리 질러!"

"쑤아리 질러!"

사람들이 환호했다.

베팅한 경기를 맞췄을 때 지르는 외침이었다.

"이야, 형. 제 말 맞죠? 크, 저도 지르는 거라면 믿고 따라

가도 돼요."

"그래그래. 크크."

그는 내 말대로 몰빵하기 잘했다는 표정을 지었다.

아마 이번에 꽤 벌었을 터였다.

"오늘의 승리를 잊지 말자고요!"

"당연하지! 하하."

승만이 형이 승리의 만세 포즈를 취했다.

하지만 나는 속으로 생각했다.

'도박에서 제일 운 좋은 사람은 첫 패에 돈을 잃고 손 털고 다시는 안 하는 사람이다.'

망하는 코스 중 가장 일반적인 경우가 처음 초짜의 운빨로 돈을 딴 다음에 그것만 기억하며 계속해서 돈을 꼬라박는 케이스였다.

승만이 형은 아마 오늘의 두근두근한 승리를 잊지 못할 터였다.

지금의 짜릿한 승리를 기억하며 내가 돈을 걸면 계속해서 따라 걸 것이고, 오늘의 승리가 자신의 실력인 양 우쭐거리면서 돈을 날릴 터였다.

"우하하."

승만이 형과 나머지 사람들은 베팅한 대로의 결과가 나오자 모두들 행복한 표정을 지었다.

하지만 그건 거짓된 행복.

일관성의 법칙 • 117

일순간의 페이크와 마찬가지였다.

진짜 행복은 도박을 모르는 평범한 삶.

어쨌든 나는 그런 그들을 뒤로한 채 밖으로 나왔다.

"쳇. 뭐, 어쨌든 플랜 B는 들어왔으니까."

나는 조금 아쉬웠지만 상관없었다.

플랜 A, 기숙사에 스포츠 도박을 퍼트린 승만이 형을 빈털터리로 만들어 버리겠다는 계획은 막판에 어긋났다.

심판의 페널티킥 때문이 컸다.

하지만 플랜 B는 성공했다.

승만이 형이 완전히 나의 말에 빠졌고, 프로토를 통해 돈을 벌겠다는 욕심을 가지게 된 것이다.

플랜 B에 이름을 붙인다면 본전 회복에 눈이 먼 토쟁이에 대한 낚시. 미끼 플랜?

어쩌면 플랜 A보다도 몇 배는 더 위험한 미끼였다.

토쟁이들의 머릿속, 도박꾼들의 머릿속엔 공통적으로 돈을 딴 것에 대한 기억만 남는다.

자신이 돈을 잃는 것은 잘 생각하지 못하고, 설사 돈을 잃는다고 해도 다시 '그때처럼' 돈을 딸 것이라 생각하는 것이다.

그리고 그것이 자신의 실력이라 생각한다.

다음에 기억나는 경기 몇 개들을 잘 조절한다면, 승만이를 확실하게 파멸의 길로 보내 버릴 수 있었다.

물론 언젠간 그도 스포츠 도박에 빠져 파멸의 길로 향하겠지만, 그 역할을 내가 맡고 싶었다.

그가 절망에 빠져 허우적대는 모습을 보고 싶었다.

그로 인해 수많은 사람들이 도박에 빠져 인생을 탕진하게 된 것에 대한 복수였다.

♠ ♠ ♠

끼익.

침대로 들어와 누웠다.

그리고 짧게 오늘의 경기들을 머릿속으로 복기했다.

머릿속에서는 심판의 페널티킥 판정이 계속 맴돌았다.

"이러면 나중에 축구도 비디오 판독하자고 나올 텐데……."

나도 모르게 중얼거렸다.

아무리 전통이 중요하다고 해도, 베팅 산업에 편입되는 순간부터는 적어도 인위적으로 눈에 띄게 보이는 간섭, 특히 오심의 경우는 베팅 산업에 있어서 심각하고도 매우 부정적인 영향을 줄 수밖에 없었다.

보통 사람들은 생각하지 못하겠지만, 스포츠 베팅 산업에 속하게 되는 순간부터, 적어도 유일하다시피 한 장점은 대외적으로는 매우매우 공정한 경기를 펼치게 되는 시스템을 구축하려고 노력하게 된다는 점이다.

쉽게 예를 들면, 일본에서 야쿠자들이 유흥거리를 장악하게 되면 그때부터 그 지역의 치안은 확실히 잡으려 노력하는 것과 비슷했다.

 그래서 '낮의 치안은 경찰이, 밤의 치안은 야쿠자가 담당한다.'라는 말도 나올 정도였다.

 유흥가의 밤 분위기가 어수선하면 일반인들이 와서 돈을 쓰지 않기 때문이었다.

 돈을 벌기 위해선 그 정도의 노력은 필요했다.

 베팅도 비슷했다.

 농구, 축구 등 스포츠 경기에 있어서 심판의 판정 하나가 경기의 승패 흐름을 바꿀 수 있었다.

 그리고 그런 경기력 외의 요소가 계속해서 등장하면 베팅 사업자의 입장이 곤란해지는 것이다.

 판정을 담당하는 심판이 경기를 좌우한다는 생각을 하게 된다면 돈을 토사장, 베팅 회사에 들이미는 호구들이 '베팅' 자체를 하지 않게 되는 것이다.

 그건 막아야 했다.

 황금 알을 낳는 거위를 죽이는 꼴이었으니까.

 베팅 회사, 그리고 그들로부터 직간접적인 영향을 받는 스포츠 단체로서 단호하게 취해야 하는 행동이었다.

 베터들이 많은 돈을 거는 종목 중 하나인 미국 프로 농구, 느바(NBA)가 혁신적인 비디오 판독을 서둘러 도입하고 엄격하게 진행하는 이유가 여기에 있었다.

 또한 느바에서는 감독이 일부러 1군을 활용하지 않는 것도 '경기를 보러 온 관중'에 대한 예의가 아니라며 느바 단체에서 제재를 가하기도 했다.

 대외적으로는 경기를 보러 온 관중에게 멋진 경기를 보여 줘야 하는 의무를 위반했다는 등의 이유를 핑계 삼았지만, 실제론 해당 경기에 베팅한 사람들을 위해서 그러는 것인지도 몰랐다.

 1군 스쿼드를 기대하고 베팅했는데, 갑자기 경기 시작과 동시에 감독이 주전 선수 휴식을 핑계로 선수들을 싹 후보군으로 물갈이한다면 거금을 베팅한 베터 입장에서는 날벼락을 맞는 셈이었다.

 그렇게 되면 베터들이 느바에 대한 베팅을 줄일 것이고, 그 작용으로 베팅 회사에서도 느바에 대한 의존도가 줄어드는 것이다.

 그리고 스포츠 베팅 산업에 속한 여러 종목 중 사실상 '농구'가 보이지 않는 손에 의해 경기 결과가 가장 영향받기 쉬운 종목이었다.

 그 이유를 살펴보면, 우선 참여하는 인원이 타 경기 종목들보다 적고, 수시로 교체가 가능하며, 컨디션에 의해 좌우되는 범위가 컸던 것이다.

 또한 그와 더불어 심판의 '콜'에 의한 경기 진행 조절이 축구보다도 훨씬 쉬웠다.

이런 여러 가지 이유가 합쳐져서 느바가 전 세계적으로 가장 다양한 판독 시스템을 보유하고 또 비디오 판독 시스템의 선두를 달리게 되는 것일 수도 있었다.

이런 다양한 안전판 덕분에 보이지 않는 손이 개입하기 제일 쉬운 경기라는 선입견이 있지만, 느바에 대한 전 세계적인 스포츠 베팅이 계속 이뤄지는 것이다.

"어쨌든. 뭐, 지금 고민할 것은 아니고……."

승만이에 대한 문제는 나중으로 미뤘다.

짜릿한 승리의 맛을 봤으니 이제 쉽게 헤어 나오지 못할 터였다.

처음에 공짜로 마약을 주면서 맛을 보게 하는 것이나 마찬가지.

완전히 겁을 상실시켰으니 이제 절망감을 심어 주면 되는 것이다.

도박의 끝은 파멸.

혼자 망하는 건 상관없지만, 기숙사에 퍼트린 죗값은 치르게 해야 했다.

빙글.

나는 몸을 옆으로 다시 뉘었다.

다음으론 복권방을 조져야 했다.

복권방 구덕만 사장.

편리한 장부 거래를 핑계로 편의를 봐주는 척하면서, 막대한 돈을 쓸어 담고 있었다.

나중에 알게 된 것이지만, 그가 막대한 돈을 쓸어 담는 비법이 바로 장부 거래에 있었다.

일명 토사장 놀이.

그에게 엄청난 부를 안겨다 주는 장사였다.

보통 토토, 프로토 판매점의 수수료는 5퍼센트였다.

10만 원어치 풀베팅 하나를 팔면 5천 원이 떨어졌다.

물론 세금 등도 나중에 부담해야 하긴 했지만, 나쁘지 않은 수입이었다.

기껏해야 1만 원어치, 2만 원어치 사는 로또와 달리 프로토에는 풀베팅이 성행했던 것이다.

하지만 구덕만 사장은 그 정도 수입에 만족하지 못한 듯했다.

그리고 위험한 토사장 놀이를 시작했다.

이건 그를 믿고 베팅을 하는 고객에게 사기를 치는 것과도 같았다.

고객들도 문제를 일으키지 않기 위해, 시끄럽게 나서는 것을 꺼리는 습성을 이용한 사기이기도 했다.

"구 사장, 지금까지 토사장 놀이해서 번 돈은 내가 잘 받아 갈게."

내가 누운 채 중얼거렸다.

토사장 놀이.

복권방 사장에게 떼돈을 안겨 주는 통수였다.

그 통수를 시전하기 위해선 적당히 돈 여유가 있는 물주가 필요했다.

그리고 바로 그 물주로 선택된 것이 나였다.

나는 그런 구 사장의 장난질을 역으로 이용할 생각이었다.

제5장

복권방 비대면 거래

도박 중독자

  토토, 프로토 판매점은 무엇으로 수익을 얻을까?

  기본적으로 그 수입은 판매 수수료에서 나온다.

  프로토나 토토가 발급될 경우, 판매 금액의 5퍼센트를 복권방에서 수수료로 받아 간다.

  여기서 부가세는 판매자인 복권방에서 부담한다.

  5퍼센트의 수수료라면 많으면 많다고 볼 수 있고, 적으면 적다고도 볼 수 있다.

  하지만 여러 가지 상황이 잘 조합될 경우,

  복권방 주인은 5퍼센트 판매 수수료를 뛰어넘는 어마어마한 수입을 올릴 수도 있다.

  그리고, 하이 리턴 하이 리스크의 법칙은 이곳에도 적용

된다.

"네. 네. 믿으세요. 저 정말 몇 년째 성실하게 잘하고 있습니다."

복권방 주인 구덕만은 통화를 마친 후, 미소를 지었다.

새로운 물주 하나를 또 잡은 것이다.

손님이 손님을 물어 왔다.

신뢰할 수 있는 손님을 잘 파악 후, 다시 그 사람을 통해서 또 신뢰할 수 있는 손님이 생기는 것이다.

그는 자신의 가게를 바라보았다.

그리 넓지도, 좁지도 않은 복권방.

사실 위치가 좋은 편이 아니었기에 정말 이제 문 닫아야 하나 하는 생각까지 들 정도의 장소였다.

하지만 그 와중에 절묘한 서비스를 생각해 냈다.

손님도 좋고 나도 좋은 원스톱 서비스.

이른바 대리 베팅.

비대면 거래 개념을 떠올린 것이다.

매회차마다 큰돈을 거는 그들은, 대부분은 시간이 '돈'인 사람들이었다.

복권방 사장은 원스톱 서비스를 구축했다.

그리고 그건 엄청난 히트를 쳤다.

은행 출금, 마킹부터 은행 환급까지 한 번에 자신이 대신 처리해 주는 것이다.

그것도 실시간으로 말이다.

결국 수요가 있으니 공급이 생기는 것이다.

프로토(승부식) 베팅 절차를 간략하게 확인하면.

우선, 현금이 필요했다.

당연한 말이지만 신용카드는 사용 불가. 로또를 사기 위해 신용카드를 내밀지 않는 것과 같은 원리였다.

요즘은 현금을 다들 많이 들고 다니는 편이 아니기에, 다음의 절차를 거쳐야 했다.

1. ATM 또는 은행에서 현금을 뽑는다.
2. 복권방, 또는 프로토 판매점을 겸하는 편의점에 들른다.
3. 그곳에 비치되어 있는 프로토 베팅 용지에 자신이 베팅할 내역을 실수 없이 마킹한다.

마킹 내역을 보면,

가. 우선 원하는 경기 번호를 선택한다.

이때 구매하고 싶은 경기를 최소 2개에서 최대 10개까지 선택 가능하다.

단위는 백, 십, 일 단위이기에 9번 경기를 선택 시 백 자리 0, 십 자리 0, 일 자리 9에 표기를 하면 된다.

마찬가지로 12번 경기라면 백 자리 0, 십 자리 1, 일 자리 2에 표기, 122번 경기라면, 백 자리 1, 십 자리 2, 일 자리 2에 표기한다.

나. 선택한 경기의 결과(홈팀 승/무/패)를 예상 표기한다. 복수 표기는 불가능하다.

만약 언더 오버 경기라면(언더 오버는 양 팀의 점수 합계가 주어진 기준 점수 -라인- 를 넘는지 넘지 않는지를 맞히는 것이다), 홈팀 승은 언더, 홈팀 패는 오버가 된다.

다. 선택한 경기 수를 표기한다.

라. 구매 금액을 선택한다.

단위 최소 금액은 100원이며, 최대 10만 원까지 구매(베팅) 가능하다.

참고로 예상 환급금은 가. 에서 선택한 경기들의 모든 배당의 곱으로 결정한다.

예를 들어, 세 경기 각 배당을 모두 곱한 배당이, $2.2 \times 3.5 \times 1.81 = 13.937$일 경우.

적중 배당율은 소수점 셋째 자리 아래 절사 후 둘째 자리

절상한다.

위의 경우는 14배당이 되는 것이다.

경기가 적중 시 환급을 담당하는 은행(현재는 기업 은행)에 가서 신원 확인을 한 이후 환급을 받는다. 이때 일정 금액 이상 또는 일정 배당 이상의 경우 추가로 세금을 떼야 한다.

이런 상황에서 구덕만은 위 과정을 자신이 대신해서 처리하는 원스톱 서비스를 구축한 것이다.

비대면 거래를 하는 베터 입장에서는 적중 용지를 다시 은행에 가져가서 환전하는 번거로운 절차 및 복권방에 들러야 하는 시간 낭비 등을 피할 수 있는 것이다.

엄청나게 편리하게 되는 것이다.

다만 이는 엄청난 위험 요소가 내포되어 있는 방식이었다.

위잉. 위잉.

문자를 확인한 구덕만은 수북이 쌓여 있는 프로토 용지에 마킹을 시작했다.

컴퓨터용 사인펜이 아니라 일반 볼펜으로 긋고 있었다.

컴퓨터용 사인펜도 인식되지만, 일반 볼펜도 인식되었다.

학교 시험처럼 엄격하게 마킹을 해야 하는 것은 아니었기에 큰 문제는 없었다.

'프로토 승부식'이라고 적힌 녹색 바탕의 용지.

거기서 베팅을 할 경기를 찍고 선택 경기 수를 표기하고 구입 금액을 마킹하면, 프로토 베팅 기계에 넣을 준비가 완성되는 것이다.

구덕만은 문자 메시지를 다시 확인했다.

마킹에 실수가 있으면 곤란했다.

승, 승, 패. 세 경기. 구입 금액 10만 원.

이상 없음을 확인한 후 그것을 파란색의 프로토 발권 기계에 밀어 넣었다.

위잉.

잠시 후, 기계에 표시되어 있던 금액 중 10만 원이 차감되며, 발권 기계에서 용지가 흘러나왔다.

"쩝. 신형으로 바꿔야 빨리 나오는데."

프로토 발권 기계도 구형, 신형이 있었다.

구형은 아무래도 속도가 느렸다.

신형 신청을 해 놨지만 워낙 대기 번호가 많이 밀려서 기다리고 있었다.

"어디 보자."

발급된 프로토 용지를 확인한 구덕만은 배당을 확인했다.

타탁.

혹시나 해서 계산기를 다시 한 번 두들겼다.

예를 들어 3.3배당과 2.1배당. 두 폴더 베팅의 경우 2배당을 곱하면 6.93이 된다.

그럼 소수점 둘째 자리에서 올려서 최종적으로 7배당이 되는 것이다.

두 폴더 강제 조합에 대한 일종의 사소한 보상이었다.

"문제없네."

2폴. 7배당. 10만 원 베팅.

적중 시 70만 원을 받을 수 있는 것이다.

물론 3.3배당과 2.1배당은 둘 다 무시 못할 배당이었다.

들어오기가 쉽지 않았다.

어쨌든 10만 원어치를 팔았으니 여기서 5퍼센트의 수수료가 들어오는 것이다.

나쁘지 않은 금액이었다.

하지만 구덕만은 인상을 살짝 찌푸렸다.

"고민되네."

어차피 발권해 주고 수수료 받으면 그만인 복권방 주인이었다.

하지만 구덕만은 가장 애매한 배당이 걸렸다는 표정을 지으며 잠시 머뭇거렸다.

"에잇, 일단."
그는 문자로 누군가에게 메시지를 보냈다.

[7배당이네요.]
[감사요. 적중 시 바로 입금 처리 부탁요.]
[걱정 마세요, 사장님.]

짧은 문자를 주고받았다.
"흠, 어쩐다."
그는 시계를 보았다.
프로토 발권 기계에서 나온 프로토 베팅 용지는 10분 내에 취소가 가능했다.
실수로 발권되는 경우도 종종 있었던 것이다.
직접 사람의 손으로 마킹하다 보니 경기 번호를 잘못 적거나 승무패를 착각해서 마킹하는 경우가 종종 있었다.
"쳇."
구덕만은 발급받은 경기를 취소했다.
위잉.
취소는 금방 이뤄졌다.
스슥.
비치되어 있던 화이트로 금액을 지웠다. 그리고 새로 마킹했다.

5만 원.

잠시 후, 10만 원 풀베팅이 아닌 5만 원 베팅의 프로토 용지가 나왔다.

덜컹.

그는 책상 아래 서랍을 열었다.

그곳엔 각양각색의 장부들이 수북이 쌓여 있었다.

그중 한 장부를 꺼내서 펼치자, 날짜와 금액이 적혀 있었다.

스윽. 슥.

그는 530만 원의 금액이 적혀 있는 장부 내용에서 오늘 날짜를 표기한 후, 10만 원을 제했다는 표시를 한 후 520으로 그것을 바꿨다.

분명히 5만 원만 뽑았음에도 불구하고 10만 원이 차감된 것이다.

그렇게 표시한 후, 조금 전 뽑은 5만 원 프로토 용지를 그 장부 안쪽에 끼웠다.

"그럼 다른 거……."

일이 밀려 있었다.

빨리빨리 해야 했다.

디링. 디링.

그 와중에도 문자가 다시 울렸다.

모두 베팅을 부탁하는 내용들이었다.

마감 한 시간을 앞두고 집중적으로 몰려들고 있었다.

"에구. 바쁘다, 바빠."

그는 그것을 확인한 후 프로토 발권을 다시 시도했다.

위잉.

위잉.

이번에 나온 배당은 1.4배당이었다.

두 폴더, 1.4배당. 10만 원.

구덕만의 표정이 밝아졌다.

"오케이."

다닥.

그는 문자를 보냈다.

[1.4배당요.]

[네. 적중되면 늦지 않게 처리요.]

[네.]

문자를 짧게 나눈 후, 이번에도 해당 경기 발급을 취소했다.

하지만 이번엔 베팅 금액의 절반을 다시 재발급하거나 하진 않았다.

그냥 취소했다. 그리고 취소된 용지에 체크한 후, 다른 장부에 그것을 끼웠다.

그리고 해당 장부의 금액에 10을 표기했다. 그리고 다시 다른 대리 베팅을 진행했다.

위잉. 위잉.

이번엔 10만 원 풀베팅 3개. 1.2배당짜리였다.

30만 원의 베팅.

구덕만은 마음에 든다는 표정을 지으며, 베팅 내역을 문자로 보내 준 후 다시 아까와 같이 해당 베팅을 취소했다.

그러고는 취소 용지와 함께 그것을 다른 장부에 끼워 넣었다. 그리고 해당 장부에는 30만 원이 차감된 것으로 표시했다.

위잉.

다시 문자가 왔다.

"아, 정말. 바쁘네."

하지만 투덜거리는 말과 달리 그의 표정은 그리 나쁘지 않았다.

어차피 돈 버는 일이었다.

열심히 해야 했다.

오늘 새벽에 축구 경기들이 많이 몰려 있었기에 장부 거래하는 사람들이 쉬지 않고 문자를 보내고 있었다.

구덕만은 시계를 보았다.

장부 거래의 조건 중 하나가 '마감 시간 한 시간 전부터 베팅 문자를 보내 주세요.'였다.

이유는 한꺼번에 처리해야 하기 때문이라는 걸로 대충 둘러댄 상태.

하지만 실상은 다른 이유가 있었다.

"이건 좀 많네."

이번 건 다른 자들의 요청과 달리, 다 폴더 베팅이었다.

다닥.

복권방 주인 구덕만은 능숙하게 마킹했다.

이번엔 베팅하는 항목이 많았다.

4폴더. 45.4배당. 3만 원.

구덕만이 살짝 인상을 찌푸렸다.

"에이, 문자로 베팅하면서 겨우 삼만 원이 뭐야. 쳇."

문자로 베팅하는 경우는 그래도 최하 5만 원은 넘는 금액으로 베팅해 줘야 베팅 용지 만드는 사람 입장에서도 할 만했다.

그리고, 배당도 너무 높았다.

이른바 로또 베팅.

"쳇, 쳇."

구덕만은 투덜거리면서 프로토 발권을 했다.

위잉.

파란색의 프로토 발권 기계에서 프로토 베팅 용지가 흘러나왔다.

그러곤 배당을 문자로 알려 준 후에, 장부에 표시했다.

이건 베팅을 취소하지 않았다.

그대로 진행하는 것이다.

3만 원의 수수료 5퍼센트만 먹고 마는 것이다.

조용한 복권방은 가내수공업을 하는 공장처럼 쉴 새 없이 딸각거리는 소리만 울려 퍼질 뿐이었다.

베팅, 발권, 배당 알려 주기, 이후 취소 또는 재발급, 또는 그냥 진행. 마지막으로 장부 기록.

이런 식의 프로세스가 쉴 새 없이 진행되었다.

"후아."

그가 이마의 땀을 닦았다.

이것도 은근히 피곤한 일이었다.

그가 발권 취소 시 보여 주는 기준은 대략 세 가지였다.

우선, 3배당 내외의 배당이라면 최종 배당 값만 요청한 이에게 알려 주고, 발권을 취소했다.

그다음, 4배당에서 10배당 내외의 경우라면 최종 배당 값을 요청한 이에게 알려 준 다음, 발권을 취소하고 그 배당의 절반 정도 되는 금액만 다시 발권했다.

마지막으로 11배당을 넘는 이른바 로또 베팅의 경우는 그냥 발권했다.

왜 이런 번거로운 일을 할까?

그는 단순히 대리 베팅, 비대면 거래를 통해서 판매 수수료 5퍼센트만 먹고 끝낼 생각이 아니었던 것이다.

 자신이 직접 토사장의 자리에 오른 것이다.

 그리고 이것은 판매 수수료와는 비교도 안 되는 수입을 그에게 가져다주고 있었다.

 누워서 헤엄친다는 말이 뭔지 알 수 있었다.

 엄청난 현금이 그의 계좌에 차곡차곡 쌓이고 있었다.

 위잉.

 그때 전화가 울렸다.

 "아, 네, 사장님. 새로 큰손 한 분 소개시켜 주신다고요? 네. 믿을 만한 분이면 가능하죠. 허허, 절대로 이 일 소문내면 안 돼요. 네."

 새로운 큰손 한 명이 더 늘었으니 자신의 수입이 더 늘어나는 것이다.

 "베팅 시간요? 꼭 마감 전 한 시간 전에 보내야 하냐고요? 아, 그게 마감 시간이 되어야 대충 기계에 적립된 금액들 확인하면서 한 번에 몰아서 할 수 있어서요. 좀 그렇게 부탁드려요. 다른 분들도 다 그렇게 해요. 우선 그렇게 진행하시고요. 나중에 진행 상황 봐서 제가 시간 여유가 되면 좀 더 일찍 할 수 있도록 해 볼게요. 네. 네. 알겠습니다."

 그는 전화를 마무리했다. 그러곤 가게 문을 닫을 준비를 시작했다.

시간은 밤 9시 40분을 넘어가고 있었다.

이젠 슬슬 문을 닫을 시간이었다.

자신은 단지 대리 베팅 정도를 넘어 토사장처럼 행동하고 있었다.

그것이 드러나선 곤란했다.

물론, 장부 거래를 하는 사람들은 다들 이곳과 거리가 좀 있는 곳에 사는지라 마감 한 시간 전에 베팅을 하는 경우에는, 혹시라도 마음이 변해서 복권방에 들러서 찾아가는 경우는 없었다.

사실상 물리적으로 불가능한 것이다.

덜컹.

그는 복권방의 문을 닫고 홀가분한 마음으로 걸어가기 시작했다.

오늘 새벽의 경기 결과가 기대되었다.

일명 '쓰나미'라고 불리는 경기들이 몇 개만 터져 줘도, 그것과 연결되어 있는 엄청난 금액의 베팅금은 몽땅 자신의 주머니로 들어오게 되는 것이다.

보통 그런 경기들은 저배당 경기였기에 강제 두 폴더 상황의 한국 프로토 시장에서는 어쩔 수 없이 2폴 이상을 맞히기 위해 한 개씩 끼어 있는 경우가 많았다.

문제는 그런 저배당이라 할지라도 쓰나미는 종종 일어났다.

그럴 때마다 베터들은 비명을 질렀지만, 구덕만 입장에서는 만세를 부를 수 있었다.

설사 다른 경기가 맞아도 쓰나미가 난 저배당 경기 덕분에 베팅 금액 모두를 꿀꺽 먹어 치울 수 있는 것이다.

그리고 간혹 그날 경기가 아니라 다음 날 경기를 포함해서 베팅하는 사람도 있었다.

그래도 문제는 없었다.

일단 문자, 전화 베팅을 하는 경우는 직접 찾아오기 번거롭고 귀찮아서 하는 것이기에 실제로 가게에 방문하는 경우는 거의 없었다.

혹 방문해도 이미 발권한 경우는 도난 문제 등으로 인해서 집에 놔뒀다고 하면 대충 넘길 수 있는 것이다.

구덕만은 머릿속으로 새로 유입된 비대면 거래 고객의 프로필을 작성하기 시작했다.

언제나 그의 철칙은 위험 요소 제거.

그의 가장 큰 위험 요소는 자신이 토사장 짓을 한다는 것이 들키는 것이었다.

구덕만은 여러 가지 위험 요소들을 모두 감안해서, 실제로 찾아와서 발급 프로토 용지를 받아 갈 가능성이 없는 사람들 위주로 포트폴리오를 철저히 짠 상태였다.

위험 부담은 있었지만, 얻을 수 있는 수익이 워낙 좋았기에 그 정도는 감내할 수 있었다.

지금까지 확인된 정보에 의하면 이번에 확보된 큰손도 그런 부분에 있어서는 문제되지 않을 것 같았다.

"후아."

구덕만은 ATM 기계를 통해서 자신의 통장 잔고를 보며 숨을 크게 내쉬었다.

그가 워낙 깔끔하게 일 처리를 잘해 줬기에 최근 단골들이 꽤 늘어난 상태였다.

어차피 적중되었을 때 돈 입금만 칼같이 잘되면, 베팅하는 사람 입장에서는 대부분 크게 문제 삼을 일 자체가 없었다.

처음 개척이 어려웠지, 한번 제대로 자리 잡으면 계속해서 거래가 이어졌다.

토사장 짓을 자기가 해 보니, 판매 수수료 5퍼센트 따위는 눈에 들어오지도 않았다.

쓰나미 경기 한 개만 새벽 축구에서 일어나 주면 수백만 원이 하루에 들어오는 것이다.

어떤 날은 천 단위의 돈이 들어오기도 했다.

그리고 쓰나미 경기들은 어차피 초저배당. 이른바 똥배였다.

만약 적중된다고 해도 원래 원금에서 조금만 더 얹어서 주면 되는 것이다.

위험 부담이 크게 없었다.

다만 배당이 좀 되는 경기들은 위험 회피 차원에서 절반 정도의 금액은 실제로 베팅을 했다.

그리고 어차피 원금도 얼마 안 되는 로또 베팅의 경우는 그냥 속 편하게 토사장 짓 하지 않고 그대로 발권해 주었다.

이렇게 일을 진행하니 이건 중소기업 사장 못지않은 이득이 매일같이 흘러나왔다.

그것도 그냥 앉아서 말이다.

절로 미소가 흘러나왔다.

'가만히 앉아서 돈 번다.'는 말이 뭔지 알 수 있었다.

그는 집에 들어가 쉬었다.

제발 새벽 축구에서 쓰나미가 벌어지길 바라며 잠이 들었다.

♠ ♠ ♠

"에구, 참 안타깝네요."

표정 관리하는 구덕만.

새벽 축구는 쓰나미의 향연이었다.

누구도 제대로 맞힌 사람이 없었다.

그 뜻은 베팅한 사람들의 돈 대부분을 자신이 다 먹었다는 말이었다.

속으론 즐거워 미칠 것 같았지만 그걸 표시할 수는 없었다.

안타깝다는 말을 하면서, 이번엔 잘 맞힐 수 있을 거라면서 베팅을 격려했다.

"아, 그리고 장부 금액이……."

장부 금액이 거의 비었다고 말을 하였고, 이내 계좌 입금을 통해 천만 원이 다시 입금되었다.

"네. 언제라도 문제없이 처리하니 걱정 마세요. 네. 네."

구덕만은 전화를 끊었다. 하지만 전화를 끊자마자 다시 또 전화가 왔다.

전화를 받자 어디선가 들어 본 목소리가 들려왔다.

"아, 경일 씨. 네. 네. 입금하셨다고요. 네."

복권방 근처의 회사 기숙사에 거주하는 남자였다.

그에 대한 프로필이 머릿속에 떠올랐다.

밤 10시 이전에 기숙사에 들어가야 하기에 전화 베팅을 통한 토사장질 하기에 적합했다.

그는 고배당 로또가 아니라 저배당 정배 조합을 주로 짰다.

또한, 그의 베팅 내역을 보면 적중 확률이 높은 저배당 조합으로 꾸렸음에도 불구하고, 승률이 그리 좋은 편이 아니었다.

개인 베팅 내역을 복권방 사장이 어떻게 그리 자세히 알 수 있을까?

그건 베팅을 위한 프로토 용지가 있기에 가능했다.

손님이 베팅 발급을 하고 간 이후에, 그 용지 중 금액만 최소 단위 100원으로 바꿔서 발권 받아 두면, 대충 그 고객의 승률 파악이 가능했다.

100원 정도는 잃어도 상관없었다. 정보 이용료인 셈 치면 되는 것이다.

구덕만의 입장에서 보면 꽤 괜찮은 호갱이었다.

직장인이니 꾸준히 월급은 나올 테니까 베팅할 돈은 어느 정도 유지될 것이다.

그렇게 결론이 내려지자, 그 청년에게 친절을 베풀면서 장부 거래를 하도록 유인한 것이다.

나름대로 합리적 분석을 통해서 자신이 토사장 짓을 할 만한 고객을 선별하고 있었다.

디링.

문자가 날아왔다.

새로운 고객이 된 남자의 베팅 요청이었다.

"어디 보자… 엥, 이런 경기 왜 가?"

딱히 베팅도 두서없었고 난잡했다.

"아휴, 바보 녀석."

그가 혀를 찼다.

절대로 이길 수 없는 경기.

오랜 기간 동안 베팅을 했기에, 설사 자기 돈이든 남의 돈이든 간에, 그래도 이건 정말로 어느 한 팀이 이길 수밖에 없는 경기 또는 승률이 90퍼센트 이상이라는 경기는 느낌으로 알 수 있었다.

그런데 정경일이라는 이 청년은 조합을 매우 이상하게 했다.

절대로 이길 수 없는 팀이 꼭 하나씩 끼어 있는 것이다.

"흠."

조금 고민되었다.

솔직히 이건 적중될 가능성이 거의 없었다.

하지만 배당이 조금 높았고, 더구나 풀베팅 10만 원이었다.

그냥 자신이 토사장 짓 하기엔 조금 애매했다.

"그럼 이건 절충으로……."

애매할 때 사용하는 방식.

절반만 베팅하고 절반은 남겨 두는 방식.

사람들은 베팅 습관이 비슷했기에, 한 달 정도 적중 승률을 봐서 어느 금액 정도까지 토사장 짓을 할지를 결정하면 될 것 같았다.

"구 사장님, 안녕하세요."

"어이쿠, 경일 씨. 오랜만이에요."

구덕만이 내 앞에서 사람 좋은 미소를 보였다.

비대면 거래. 전화 거래를 하면서부터 이곳 복덕방에 직접 올 일은 없었다.

어차피 전화, 문자 한 통으로 그가 알아서 다 처리해 줬던 것이다.

"엄청 바쁘시네요."

"하하, 그렇죠. 또 나중에 오후엔 은행 들러서 손님들 적중된 것들 다 바꿔야 해서요. 에구, 그것도 일이에요, 일. 하하."

그가 웃으며 말했다.

하지만 나는 그의 말이 반만 맞는다는 것을 이미 잘 알고 있었다.

자신이 직접 토사장 짓 하고 있는데 무슨 은행?

물론 어느 정도 바꿀 것들은 있었지만, 자신이 토사장이자 은행의 역할을 하고 있었다.

나는 그의 웃음이 싫었다.

사실 내가 한강으로 가게 된 계기, 사채에 손을 대기 된 계기가 바로 이 사람 때문이었다.

엄밀히 말하면 그의 욕심 때문.

지금에야 잘나가고 있지만, 내 기억에 의하면 지금으로

부터 1년여 후, 그는 큰 사고를 치게 된다.

그리고 그것 때문에 나는 1년여간 땄던 돈의 상당수, 그리고 장부 금액 상당수를 날리게 되었고 결국 무리를 하는 시초가 된 것이다.

내가 먼저 엿 먹여 주마.

오히려 더 큰 손해를 불러오기 전에, 내가 그의 토사장 놀이를 분쇄시킬 생각이었다.

나는 아직도 잊을 수가 없었다.

그가 뻔뻔한 태도로, 돈이 없어서 장부 금액의 돈을 환급해 주지 못하겠다고 하던 그때를.

그는 내가 맡겨 놓았던 돈을 흡사 자기의 돈처럼 생각하고 펑펑 썼던 것이다.

"무슨 생각해요?"

"아무것도 아니에요."

나는 미소를 지으며 말했다.

"장부 금액 더 채워 넣을게요. 에후, 그냥 재미 삼아 한다고 생각하는데 생각보다 잘 적중이 안 되네요."

그도 나의 적중률이 상당히 좋지 않다는 것을 알고 있을 터였다.

그의 입장에서는 최고의 호갱 인증이었다.

그리고 나는 호갱의 반란을 그에게 보여 줄 생각이었다.

제6장

마틴게일 베팅법

도박 중독자

프로토 초짜들이 들으면 귀가 번쩍 뜨이는 마법의 기법.
딱 2배당 맞춰서 잃은 돈 만큼 계속 걸어라.
그럼 손해 안 본다.
한 번만 맞으면 다 퉁칠 수 있다.
귀가 솔깃해진다.
하지만 이런 생각을 하는 토쟁이는 이미 지옥행 특급열차의 1등석에 올라탄 것이다.
이런 베팅 방법을 추천하는 놈이 있다면, 상종하지 마라.
널 죽이겠다고 알려 주는 것이다.

마틴게일 베팅법 • 153

- 오래전의 기억.

"아, 또 날렸어."
한 남자가 머리를 감싸 쥐고 있었다.
회사 기숙사 방에서 혼자서 발버둥 치고 있었다.
조금 전 경기가 그대로 마무리되었다.
"아, 씨발. 언더 가는 경기가 오버라니."
3쿼터까지 결과만 보면 분명히 언더가 나올 경기였다.
그런데 4쿼터 종료 10분 남기고부터 갑자기 지고 있는 팀 감독이 미쳤는지 파울 작전을 쓰기 시작했고, 오히려 격차를 더 벌이면서 지고 말았다.
그리고 최종 결과는 오버.
즉, 양 팀의 점수 합계가 일정 기준점을 넘기는 결과가 나와 버린 것이다.
다른 건 다 맞혔는데, 결국 이 경기가 낙이 돼 버리는 바람에 돈을 다 날려 버렸다.
프로토의 무서움.
단 한 경기만이라도 틀리면 다른 걸 다 맞혀도 0원이 되는 것이다.
"후아. 후아."
그는 숨을 들이쉬었다.
통장 잔고가 절반 가까이 줄어들어 있었다.

스마트폰으로 잔고를 보면서 그는 고개를 절레절레 흔들었다.

엄청난 손실이 아직도 믿어지지 않았다.

찔끔찔끔 날린 금액이 어느새 엄청나게 많이 부풀어 올라 있었다.

자신이 언제 이렇게 많은 돈을 날렸나 하는 생각.

"끄으으."

'어쩌지.'라는 말만 계속했다.

계속해서 본전 생각에 잠을 이루지 못하고 있었다.

연패가 길어지고 있었다.

미치고 팔짝 뛸 노릇.

위잉.

그때 휴대폰이 울렸다.

화면을 확인하자 '복권방'이란 표시가 떴다.

그 남자는 바로 휴대폰을 받았다.

"네, 사장님."

회사 기숙사 근처의 구덕만 사장이었다.

그가 위로 전화를 건 것이다.

(에구, 참. 아깝네. 이거 완전히 조작. 짜고 한 게 틀림없어. 나쁜 놈들.)

구덕만 사장의 목소리가 휴대폰에서 흘러나왔다.

그의 목소리가 침울했다.

정말로 들어온다고 생각했던 경기가 어긋나 버린 것이다.

"뭔가 방법이 없을까요? 정말 미치겠어요."

남자의 말에 잠시 후, 구덕만이 조용히 말을 꺼냈다.

(욕심 없이 두 폴더 조합. 이 배당은 그래도 잘 들어오는데 말이야……. 어때, 한번 내가 알려 준 방법으로 베팅해 볼래?)

"네?"

(마틴게일 베팅법이라고 들어 봤어? 큰손들이 잘하는 베팅이야.)

그는 항상 입버릇처럼 큰손, 큰손 거렸다.

물론 남자는 한 번도 그가 말한 큰손들을 본 적은 없었다.

하지만 큰손들이 하는 베팅이란 말에 귀가 솔깃했다.

"큰손들이 잘하는 베팅이라고요?"

(응. 잘 들어 봐. 2폴 2배당 조합. 그게 우선 기본이야.)

구덕만이 설명했다.

마틴게일 베팅,

보통 줄여서 '마틴'이라고 한다.

카지노, 프로토, 선물거래 등에서 다양하게 언급되는 전략이다.

프로토의 경우를 보면, 경기 적중 실패 시 다음 베팅 시에는, 2배당 정도를 만들어 손실한 금액만큼의 베팅 금액을 유지하는 것을 말한다.

예를 들어 10만 원을 날렸다면, 다음 베팅에서 2배당 조합으로 10만 원 베팅. 만약 적중 시 10만 원 수익이 나오기에 이전의 10만 원 손실을 메울 수 있는 것이다.

만약 또 날린다면?

그땐 20만 원의 손실이 있는 상태가 된다. 그 경우 다음 베팅에서는 2배당 조합으로 20만 원 베팅. 만약 적중 시 20만 원의 수익이 나오고 이전의 손실은 모두 회복이 된다.

만약 또 날린다면?

이 상황에서는 10, 10, 20. 도합 40만 원의 손해가 있는 상황이다. 그럼 다음 베팅에서도 2배당 조합으로 40만 원을 베팅한다. 적중한다면 40만 원의 수익이 나오고 이전의 손실은 모두 회복이 된다.

보통 세 번 정도 하면 한 번 정도 맞히는 토쟁이라면?

이런 식으로 하면, 손실 없이 안정적으로 베팅을 할 수 있다고 생각할 수도 있다.

그러나 이는 매우 위험한 전략이다.

결론만 말하면, 어쩌다 한두 번 정도 시도는 해 볼 수 있을지 몰라도 이걸 자신의 전략이라고 생각하는 토쟁이는 그날이 언제일지는 모르나 언젠가는 한강 가야 한다.

확률과 통계를 생각해 본다면 너무나 당연한 결론인데,

대부분의 토쟁이들은 이것을 생각하지 못한다.

♠ ♠ ♠

(대충 알겠지?)

구덕만의 말에 남자의 귀가 솔깃해졌다.

그동안의 모든 손실을 복구하고 이득도 계속 볼 수 있는 기적의 방법처럼 보였다.

(특별히 알려 주는 거야.)

구덕만이 생색을 냈다.

원래는 이렇게 2배씩 걸려면 금액이 커지기에 한 복권방에서는 잘 해 주지 않는데, 장부 거래를 하니까 특별히 해 준다는 식으로 선심을 쓰는 척했다.

(내가 아침부터 저녁까지… 무리해서라도 다 찍어 줄게. 이거 정말 단골이니까 해 주는 거야.)

그가 계속해서 단골이란 말을 강조했다.

꿀꺽.

남자는 침을 삼켰다.

머리를 굴렸다.

꽤 괜찮은 방법 같았던 것이다.

저배당 정배로 서로 묶으면 그래도 2배당 가까이 나왔다.

"으음……."

생각해 보니 그래도 2배당 내외의 조합은 상당히 잘 맞았던 것 같기도 했다.

솔직히 정말 확률상 봐도, 제일 적중률이 높은 조합이기도 했다.

점차 마음이 쏠리기 시작했다.

그리고 구덕만이 다시금 마음속에 불을 붙였다.

(마틴 베팅이야말로 최고의 베팅 기법이야. 진짜 손해 보지 않는 방법이라니까.)

"감사해요. 감사합니다."

큰손들만 쓴다는 이런 좋은 방법을 알려 주다니.

너무나 고마웠다.

결국 마음이 넘어간 것이다.

그러자 잠시 후, 구덕만이 한 가지 조건을 내걸었다.

(대신, 이건 나도 걸리면 안 되는 위험한 거라서, 정말 주변에 말하지 말고 비밀 지켜 줘야 해. 나도 베팅 찍고 바로 프로토 용지 집에 가져다 둘게. 단속에 혹시라도 걸리면 안 되니까.)

프로토 용지를 자신이 보관하는 조건을 내걸었다.

어차피 지금도 사실상 그에게 맡겨 두고 하고 있는 상황이었기에 상관없었다.

돈만 꼬박꼬박 잘 들어오면 되는 것이고, 구덕만은 그 점에 있어선 깔끔하게 일 처리를 잘했던 것이다.

(본전 회복은 금방 할 수 있을 거야. 허허.)

구덕만이 남자가 바라는 바를 콕 집어서 이야기했다.

"그러면 좋겠네요."

본전 회복.

토쟁이들이 가장 바라는 것 중 하나일 터였다.

원래는 돈을 많이 벌기를 바라는 마음으로 시작하지만, 언제부턴가는 '본전이라도 건지자.' 이런 생각으로 마음이 변했다.

하지만 단숨에 본전 회복을 노리긴 어려웠다.

워낙 많은 금액을 지금까지 손해 봤던 것이다.

구덕만은 대충 적당한 선에서 제안을 했다.

(일단 그럼 이번 달에 손해 본 것, 그 정도로 시작해 봐. 그것만 메워도 그게 어디야.)

이번 달 손해란 말에 남자가 고개를 끄덕였다.

물론 그것도 큰돈이었지만 이번 달에 손해 본 것만 메워도 숨통이 좀 트일 것 같았다.

하지만 돈이 문제였다.

돈을 고민하는 순간, 구덕만의 말이 이어졌다.

(장부 금액 남은 거 몽땅. 그리고 은행에서 좀 더 뽑아서 입금하면 될 것 같아. 대충 견적 나오지?)

"으음……."

구덕만 사장이 자신보다도 더 이번 달 손실에 대해서 잘 알고 있었다.

(큰손들이 하는 기법이라니까.)

"그래요."

남자는 모험을 하기로 했다.

복권방 사장님은 신뢰할 수 있었다.

그의 말을 따르면 왠지 일이 잘 풀릴 것 같았다.

♠ ♠ ♠

"후우."

제발. 제발.

초초한 마음으로 마지막 경기를 시청했다.

첫 번째 경기는 적중.

이제 두 번째 마지막 경기였다.

화면에서는 선수들이 왔다 갔다 하고 있었다.

생각보다 팽팽한 승부였다.

경기가 끝날 때까지 조마조마한 마음으로 지켜봤다.

결국 강력한 중거리 슛으로 홈팀 선수가 골을 넣었다.

"와아, 와!"

자신도 모르게 팔짝거리며 뛰었다.

그리고 남은 시간이 빨리 지나가길 바랐다.

삐익! 삑! 삐익!

경기가 끝났다.

눈에서 눈물이 나왔다.

적중!

"후아. 후아."

남자는 숨을 내쉬었다.

확실히 두 폴더. 저배당 조합은 들어올 가능성이 높았다.

"땄다, 땄어."

성공을 자축했다.

잠시 후, 복권방 주인의 연락이 왔다.

(내 말 맞지! 축하해.)

복권방 주인이 으쓱거리며 말했다.

이게 다 자기 덕분이란 태도였다.

"으아, 감사해요."

남자는 눈물을 쏟을 기세였다.

처음에 베팅한 금액이 컸기에 꽤 수익이 쏠쏠했다.

이번 달 봤던 손해가 단숨에 복구된 것이다.

(이거, 처리할 건데. 참, 있잖아.)

"네?"

(일단 앞으로 베팅 계속할 거잖아. 이번에 크게 따기도 했고.)

복권방 주인이 운을 길게 떼기 시작했다.

"네."

남자는 무슨 말을 하려는가 싶어서 귀를 쫑긋했다.

(우선 적중금 중 절반 보내 줄 테니, 나머지 절반은 장부에 올려놓고 계속 편안하게 베팅하는 게 어때? 어차피 지금 장부 금액도 거의 없으니 다시 입금해야 하잖아.)

"음."

지금까진 적중 시 바로 입금 처리가 되었다.

그런데 이번엔 반만 보내 주고 나머지는 장부에 다시 기재하겠다는 말이었다.

남자는 잠시 고민했다.

근데 복권방 사장 말처럼, 어차피 다음 경기 베팅하려면 장부에 금액이 있어야 했다.

금액이 좀 커진 것이 마음에 걸렸지만, 계속 지금까지 꾸준히 거래를 했으니 문제없을 터였다.

그동안 쌓인 신뢰가 있었고, 또 번듯한 가게를 내서 장사하는 사람이니 문제없을 것이란 생각이 들었다.

"그래요. 그렇게 해요."

그리고 돈을 땄으니 기분이 좋았다.

판단력이 조금 흐려진 것이다.

(참, 그리고 이번에 적중된 사람들이 워낙 많아서, 바로 현금 뽑아서 보내기가 좀 어려운데……. 내가 내일 오후에 보내 줄게. 괜찮지? 좀 이해해 줘.)

복권방 사장의 말에 의하면 지금까지는 일단 자신이 가

진 돈으로 보내 주고 나중에 적중된 프로토 표를 은행에서 환급받아서 다시 자신의 계좌 잔고에 넣어 두는 방법을 썼는데, 이번엔 다른 장부 거래하는 사람들도 동시에 많이 맞아서 당장 현금이 부족하다고 말을 하고 있었다.

"쩝. 뭐, 어쩔 수 없죠."

은행 가서 바꾼 다음 바로 보내 준다는 말에, 그렇게 하라고 했다.

어차피 자신이 직접 가서 하려면 번거롭기도 하고 귀찮기도 했으니 하루 정도는 기다려 줄 수 있었다.

돈은 다음 날 약속대로 입금되었다.

조금 걱정되었지만 다음 날 문제없이 입금되자 마음을 놓을 수 있었다.

그리고 본격적으로 마틴 베팅을 시도했다.

물론, 마음 같아선 저번처럼 잔고를 모두 집어넣고 싶었지만 차마 겁이 나서 그러진 못했다.

대신 장부 금액 중 20퍼센트 정도 되는 금액을 기준으로 삼았다.

그리고, 그 정도만 해도 꽤 많았다.

평소 거는 금액의 5배가 넘었다.

"제발 적중해라!"

마틴이라는 새로운 기법을 익히고 나자, 마음이 편했다.

어차피 절대로 손해를 보지 않는 방법이라는 생각에 여유를 가지며 경기를 볼 수 있었다.

경기를 보던 와중에 딴생각에 빠졌다.

"아, 나 정말 전업 베터로 전향할까?"

그런 생각이 꿈틀꿈틀 솟아오르기 시작했다.

회사의 3교대 근무로 인해 하루 중 8시간은 무조건 일을 해야 했다.

더구나 8시간 일을 마친 다음에는 6시간 이상은 잠을 자야 했다.

그리고 나머지 3시간은 적어도 먹고 씻는 데 써야 했다.

그러면 사실상 프로토 베팅에 고민하고 준비할 시간은 몇 시간 남지 않게 되는 것이다.

차라리 회사를 그만두고 전업 베터를 할까 라는 고민을 심각하게 하기 시작했다.

그 와중에 경기 결과가 나왔다.

이번엔 저배당 원정팀이 손쉽게 홈팀을 이긴 것이다.

"이얏호!"

그는 환호했다.

바로 채널을 돌려 다음 경기를 확인했다.

채널을 돌리는 순간 홈팀의 슛이 들어가는 장면이 나왔다.

"으아아아."

바닥을 굴렸다.

연승가도를 달리고 있었다.

"후ㅎㅎㅎ."

입가에 미소가 어렸다.

근무 시간에 일을 하면서도 전혀 피곤함을 느끼지 않았다.

그리고 그다음 날의 베팅.

"으악. 에구구."

인상을 찌푸렸다.

이번엔 낙이었다.

아깝게 무승부가 돼 버린 것이다.

프로토 베팅에서 무승부는 정말로 신의 영역이나 마찬가지였다.

언제 무승부가 벌어질지는 아무도 알 수 없었다.

"으으."

침대를 뒹굴며 이를 악물었다.

하지만 마틴 베팅이 있었다.

그것만 있다면 걱정 없었다.

바로 마틴 베팅을 다시 가동시켰다.

"적중이다! 적중!"

적중이 되었고, 덕분에 지난번의 손해를 모두 복구할 수 있었다.

머릿속에서 돈이 쏟아지는 소리가 들렸다.

"이야, 이거 정말 대박이다. 대박."

남자는 환호에 찬 목소리로 소리쳤다.

프로토를 평정할 수 있는 마법의 기법을 알게 된 느낌이었다.

이런 좋은 걸 알려 준 구덕만 사장이 너무나 고마웠다.

이대로 쭉 베팅을 하면 얼마 가지 않아 큰 부자가 될 것이란 느낌을 받았다.

복권방 사장도 축하의 말을 했고, 저번처럼 우선 절반 금액을 입금받고 나머지 절반은 다시 장부로 돌렸다.

장부 금액이 좀 더 늘어났지만, 어차피 베팅은 계속할 것이니 상관없었다.

"결단을 내려야겠다."

스윽. 슥.

회사 사직서를 작성했다.

전업 베터의 길.

"조금만 더 따고 나서, 제출하자."

하지만 회사를 그만둔다는 결심은 쉬운 게 아니었다.

계속해서 고민하다가 우선은 보류하고, 한 달 정도만 더 베팅을 해 본 후 결단을 내리기로 마음먹었다.

그리고 퇴사를 보류한 것이 정말로 탁월한 선택이었음

을 바로 깨달았다.

♠ ♠ ♠

"으으으."
남자는 계속해서 한숨만 내쉬었다.
"아, 미치겠다. 미치겠다."
침대에 털썩 누었다.
"어쩌지… 어쩌지……."
눈동자가 풀려 있었다.
숨이 막혔다.
"연패라니……."
믿어지지 않았다.
상상조차 하지 못했던 일이 벌어진 것이다.
디리잉.
복권방 주인의 전화가 왔다.
하지만 그는 정신을 차리지 못하고 있었다.
그러자 계속해서 전화벨이 울렸다.
"에휴. 에휴."
전화를 받은 남자는 한숨만 내쉬었다.
(에휴, 어째.)
구덕만 사장이었다.

남자는 한숨을 내쉬며 말했다.

"4연패네요. 에고."

(완전 짜고 치는 놈들이네. 어떻게 이럴 수가 있어. 일부러 져 준 거야.)

하지만 그 말도 귀에 들어오지 않았다.

이른바 쓰나미.

다들 들어온다고 확신하는 경기가 들어오지 않은 것이다.

그것도 네 번이나 말이다.

지금까진 이런 경우가 없었다.

마틴이라는 마법의 기법을 사용하면서부터는 승승장구했다.

한 번은 미적중이라도 다음 경기, 그리고 설사 안 되더라도 그다음 경기엔 적중이 되었다.

그러다 보니 체감상 꽤 잘 맞는다는 느낌이 들었다.

실제로 적중되었을 때의 금액이 상당했던 것이다.

그리고 혹 연속해서 적중이 되지 않더라도 그래도 대부분 두세 번째엔 적중이 되었다.

두 폴더 2배당은 정말로 잘 들어오는 확률이었던 것이다.

그렇기에 이런 연패를 맞는다는 게 아직도 믿어지지 않았다.

"끄으으."

남자는 숨을 헐떡였다.

4연패가 되어 버리니 너무나 손실이 커진 것이다.
"아우, 강제 두 폴더. 짜증 나네요."
무조건 2경기 이상을 베팅해야 했다.
그러다 보니 그것도 막상 고민한 경기는 잘 들어왔는데, 꼭 들어오리라 생각한 경기가 낙이 돼 버린 것이다.
"어쩌죠."
남자의 목소리에 근심이 어렸다.
연패가 길어지는 바람에 장부 금액은 이미 다 썼고, 이전 베팅 때에는 보유하고 있던 나머지 현금도 모두 쏟아부었던 것이다.
정말 이젠 돈이 한 푼도 없었다.
"이상하네. 이상하네."
남자는 계속해서 이상하다는 말을 중얼거렸다.
분명히 마틴으로 적중되었을 때 많은 돈을 받은 것 같았는데, 막상 다시 살펴보니 그다지 돈이 불어나 있지 않았다.
도대체 왜 그렇지 하는 생각을 하며 고민해 보려 했지만, 지금은 그럴 여유가 없었다.
지금의 문제를 해결하기 위해선 역시 마틴 베팅을 써야 했다.
그러기 위해선 상당한 거금이 필요했지만, 돈이 없었다.
하지만 복권방 주인은 남자의 그런 속도 모른 채 전화상으로 천연덕스럽게 대답해 주었다.

 (다음엔 될 거야. 다음에 적중되면 다 해결되잖아. 이제 될 거야.)

 야속하게도 복권방 사장은 될 거란 말만 했다.

 그리고 은행에서 빨리 돈을 찾아서 자기한테 보내란 말로 남자를 재촉했다.

 곧 괜찮은 경기들이 쭉 있다는 말과 함께 말이다.

 결국 남자는 현재의 자금 상황을 이야기했다.

 "돈이 없어요. 돈이."

 (뭐?)

 구덕만이 그제야 놀란 목소리로 말했다.

 (돈 여유 있다고 하지 않았어?)

 "저, 그게… 다른 데 급히 쓸 돈들이라 이미 다 나갔네요."

 사실 돈이 없다는 말이 하기 싫어서 대충 있다고 말을 했던 것이다.

 당장 다음 베팅을 하려면 돈이 있어야 하는데 돈이 없는 상황.

 미치고 팔딱 뛸 것 같았다.

 설마 이렇게 연속해서 낙이 될 줄은 몰랐던 것이다.

 "지금 통장 잔고가 바닥이에요. 바닥."

 돈이 한 푼도 없다고 말했다.

(하아, 그래······.)

잠시 구덕만의 목소리가 잦아드는 것 같았다.

뭔가 생각하는 것이다.

그러곤 이내 속삭이듯 말이 흘러나왔다.

(카드론. 카드 대출 받을 수 있잖아.)

"카드 대출요?"

지금까지 빚을 내서 베팅을 하진 않았다.

은행 잔고로만 최대한 버텼던 것이다.

(지금 당장 돈 나올 곳이 거기밖에 없지 않아?)

"으음."

남자가 고민하자 구덕만의 말이 이어졌다.

(이대로 그만둘 거야? 그럼 그만두고······.)

베팅을 포기하라는 말에 남자의 고개가 순간 솟구쳐 올랐다.

"그럴 순 없죠."

절망에 빠진 음성.

여기서 손 놓으면 지금까지 쌓아 둔 걸 다 날려 버리는 것이다.

결국 남은 희망은 마틴 베팅밖에 없었다.

"잠깐만요. 돈 마련해서 보낼게요."

남자는 무엇에 홀린 것처럼, 카드사 홈페이지에 접속했다.

꾸준히 카드를 사용해 왔기에 한도가 높았다.

순식간에 카드론 대출이 이뤄졌다.

나중에 나눠서 갚는 것이기에 부담도 덜했다.

"입금했어요."

정말로 정신이 팔린 상태.

제정신이었다면 이렇게까지 하지 않았을 터였다.

하지만 마틴 베팅에 빠진 상태에서는 다른 게 눈에 들어오지 않았다.

무조건 '한 번'만 들어오면 되는 것이다.

그때까진 계속해서 달려야 했다.

카드론 대출을 받은 금액이 오롯이 복권방 주인 구덕만의 계좌로 들어갔다.

그리고 이제 정말 최후의 마틴 베팅이 시작되었다.

"제발. 제발."

기숙사 침대 위에서, 신께 기도하는 마음으로 경기를 보고 있었다.

회사에는 몸이 좋지 않다고 서류를 제출한 상태.

평소 성실하게 일을 했기에 잘 넘어갔다.

이번엔 도저히 일을 하면서 나중에 경기 결과를 확인할

수 있는 상황이 아니었다.

무조건 경기를 지켜봐야 했다.

"으으으, 이겨라……."

침이 마른다는 게 무엇인지 알 수 있었다.

화면에서 선수들이 왔다 갔다 하는 것이 보였다.

정말로 분석에 분석을 해서, 들어올 만한 확실한 경기 2개를 찍어서 2배당 만들어 베팅을 한 상태.

덜덜덜.

온몸이 떨려 왔다.

아직까지 한 번도 해 본 적 없는 거금의 베팅을 했던 것이다.

무엇에 홀린 듯 베팅을 했고, 베팅을 하고 나서야 정신이 퍼뜩 들었다.

하지만 이미 활시위는 떠났고, 기도하는 마음으로 결과를 기다려야 했다.

잠시 후, 화면에서 아프리카계 축구 선수가 골을 넣는 장면이 나왔다.

"와아. 잘한다, 잘해!"

그리고 잠시 후 경기가 마무리되었다.

첫 번째 경기는 적중.

예상대로 홈팀의 무난한 승리였다.

바로 이제 두 번째 경기로 화면을 넘겼다.

"제발. 제발."

첫 번째 경기 중간에 해당 경기가 시작했기에 지금은 후반전이 막 시작된 상황이었다.

아직 0 대 0의 상황.

전반전에 홈팀이 점수를 넣었다면 좀 마음 편하게 볼 수 있었겠지만 어쩔 수 없었다.

침을 삼켜 가며 골을 넣기만 기다리며 지켜보았다.

"으으으."

쉽게 골이 나오지 않았다.

원정팀은 그야말로 전원 수비를 각오한 듯 촘촘하게 수비 진열을 가다듬고 있었다.

"아, 쌍. 정말 재미없게 축구하네."

수비 축구가 유행인 것 같았다.

원래 강팀이 약팀을 2점 차 이상으로 이기는 것이 정상이었지만, 약팀이 이른바 텐백 전략으로 수비만 잔뜩 하기 시작하면 아무리 공격력이 좋은 강팀이라도 쉽게 뚫기가 힘들었다.

이른바 빗장 수비.

지지 않는 수비 축구를 통해 역습을 노리는 전략.

"으아. 정말."

후반전이 끝나 가고 있었지만 승패가 갈리지 않고 있었다.

침을 꼴딱꼴딱 삼키면서 결과를 지켜봤다.

도무지 원정팀의 텐백을 뚫을 기미가 보이지 않았다.

"제발. 제발."

두 손을 기도하듯 모은 채 경기를 쳐다보고 있었다.

꼭 이겨야 하는 경기였다.

설마 이렇게 연패를 할 줄은 몰랐다. 분명히 서너 번 하다 보면 되리라 생각했고, 지금까지 그래 왔기에 더욱 믿을 수 없었다.

그때, 순식간에 골이 들어갔다.

골은 아무도 예상 못할 때 들어가는 법.

종료 몇 분을 남기고 극장 골.

아마 전 세계 토쟁이들이 비슷하게 방방 뛰었을 터였다.

댓글 창은 아마도 불이 났을 터였다.

이것이 축구 극장 골의 묘미였다.

"우아아. 우아."

이불을 뒤집어쓰고 환호했다.

"흐윽. 흑."

눈에서 눈물이 나올 정도였다.

드디어 마틴에 성공한 것이다.

마법의 기법. 마틴게일.

남자는 마틴 만세를 외쳤다.

결국 다섯 번째 베팅에서 성공했고, 연속된 패배로 인한 손실 금액을 모두 보전할 수 있었다.

드러누운 채 두 팔을 쭉 뻗었다.

"후아. 후아."

숨을 들이쉬었다.

마음이 평온했다.

정말 힘들었다.

하지만 순식간에 복구했다는 생각에 계속해서 히죽거리며 웃음이 나왔다.

카드론이 생각났다.

"우와. 내가 미쳤지."

남자는 미쳤다는 말만 중얼거렸다.

정말 너무 다급한 상황이었기에 망정이지, 어떻게 돈을 빌려서 프로토를 할 생각을 했을까 하는 생각이 들었다.

빨리 돈을 입금받아서 우선 카드론부터 갚을 생각이었다.

그리고 다시는 이렇게 위험하게 하지 말아야겠다고 생각했다.

아무리 마틴이 좋다고 하지만, 이번엔 너무 살이 떨렸다.

남의 돈으로 베팅하긴 이번이 처음이었던 것이다.

찌릿찌릿.

지금까지 느끼지 못했던 전율이 온몸을 파고들었다.

그야말로 목숨을 걸고 하는 베팅.

뭐랄까, 엄청나게 높은 빌딩 꼭대기에서 아무런 장비 없이 내려온 것 같은 느낌이었다.

정말로 발이 떨어지지 않는 공포가 온몸을 휘감았지만, 결국 해내고 말았다는 성취감.

지금까지 느껴 보지 못했던 기분이었다.

이제 적은 금액으로는 이런 감각을 느끼지 못할 것 같았다.

계속해서 이불 안에서 시시덕거렸다.

돈 문제가 해결되니 모든 문제가 해결되는 느낌을 받았다.

"후아. 응?"

근데 이상했다.

보통 적중되거나 낙이 되면 얼마 안 지나서 복권방 사장의 전화가 왔는데 이번엔 조용했다.

'오늘은 너무 늦어서 그런가?'

시계를 확인했다.

마지막 경기가 너무 늦게 끝난 것이다.

시간이 너무 늦어서 구덕만 사장도 잠든 것 같았다.

그럼 내일 아침에 처리하면 될 터였다.

히죽히죽.

남자의 입가엔 미소가 끊이지 않았다.

세상이 밝아 보였다.

돈을 딴 토쟁이가 느끼는 최고의 행복.
적중된 돈을 인출하는 상상.
남자는 밤새도록 히죽거리면서 즐거움에 빠져 있었다.

제7장

사기꾼에게 당하다

도박 중독자

사기꾼들은 자신이 신뢰할 수 있는 사람이란 것을 수시로 상대방에게 각인시킨다.

신뢰(Trust).

그것은, 사기꾼들의 가장 큰 무기.

돈을 신뢰해야지 사람을 신뢰해서는 안 된다.

돈도 잃고 사람도 잃게 된다.

돈을 신뢰하면, 사람도 건지고 돈도 건질 수 있다.

위잉.

위잉.

계속해서 전화를 걸었다.

그리고 드디어 한참 만에 연락이 되었다.

"사장님? 정말 통화 힘드네요."

전화 연결이 되자 남자는 따지듯 물었다.

무슨 일을 이렇게 하냐는 태도.

(아, 미안. 내가 좀 바빠서. 집에 큰일이 생겼거든. 이거 정말 미안해요.)

복권방 사장이 계속해서 미안하다고 했다.

마음속에선 '집에 큰일이 났든 뭐든, 거래에서 이러는 게 어디 있느냐.'라는 생각이 아우성을 치고 있었지만 꾹 참았다.

일단, 적중금을 찾아야 했다.

"음, 그건 그렇고요……."

금액이 상당히 크다 보니 그의 목소리도 신중했다.

워낙 정신없었기에 그땐 생각 못했지만, 이번 마틴 베팅 적중으로 인해 너무 많은 돈이 묶여 있었다.

돈을 받아야 한다는 생각에 화도 크게 낼 수 없었다.

"입금 언제 되나요?"

그리고 이번엔 '절반 우선 입금' 같은 말을 그에게서 들을 생각 없었다.

기분이 무척 상한 상태였기에 돈을 모두 회수할 생각이었다.

"돈 입금, 늦지 않게 처리요."

그리고 조금이라도 입금이 늦어지면 바로 가게로 쳐들어갈 생각이었다.

어차피 가게가 있으니 허튼짓은 못할 거란 마음에 강하게 나갔다.

"지금 좀 급해요. 돈 나갈 곳이 많아요."

당장 돈을 써야 한다는 식으로 이야기했다.

그리고 실제로 나갈 돈들이 많았다.

남자는 머릿속으로 처리해야 할 돈들을 계산했다.

카드론 대금 갚고, 그 외 카드 값 등 처리할 금액들이 쭉 떠올랐다.

이전 베팅 때 완전히 은행 계좌를 탈탈 털어서 했기에 지금 당장 카드 값 막을 돈도 없었다.

'휴, 정말 적중돼서 다행이다.'

정말로 가슴이 철렁했다.

다시 생각해 봐도 정말 무슨 배짱으로 그렇게 몰빵 베팅을 했는지 이해가 가지 않았다.

너무나 다급해서 그랬던 것 같았다.

그래도 결과가 해피엔딩이니 다행이었다.

"여보세요? 사장님?"

문득, 휴대폰 건너편에서 말이 없자 남자는 다시 독촉했다.

(어, 그래그래. 바로 보내 줘야지. 근데 이번에 환급해 줄 금액이 꽤 많아서 은행 가려고 지금 밖에 나왔어. 돈 바꾸는 게 좀 시간 걸리거든. 바꾼 다음에 바로 돈 보낼게.)

이번엔 절반 우선 환급해 주겠다는 식의 말도 안 되는 소리를 지껄이진 않았다.

하지만 조금 시간이 걸린다는 말에 그 시간을 확인했다.

"얼마나 걸릴 것 같은데요?"

(한 시간, 아니 두 시간은 걸릴 것 같아.)

2시간이란 말에 남자의 눈살이 찌푸려졌다.

"음······."

시계를 확인했다.

만약 2시간을 기다리게 된다면 지금이 오전 10시니까, 거의 점심시간에 보내 준단 말이었다.

"으음."

남자가 잠시 머뭇거리자 구덕만이 다시 한 번 말했다.

(입금 확인한 후에 가게로 와. 내가 점심 살게. 나도 은행 들러서 적중표 바꾸고 입금한 다음에 가게로 바로 갈 거야. 다시 한 번 적중 축하해.)

적중을 축하하며 구덕만 사장이 밥도 산다고 했다.

그 말에 마음이 조금 풀렸다.

식사 약속까지 잡은 것이다.

나중에 얼굴 붉히지 않기 위해서 참아 주기로 마음먹었다.

은행에 가서 돈으로 바꾸는 수고를 그가 대신하는 셈이니까.

"네. 그럼 부탁할게요. 근무 교대 시간이 곧 있으니 늦지 않게 처리요. 제 근무 시간 잘 아시죠?"

오후 3시부터 2근 교대 근무 시작이었다.

낮에 입금 확인이 되어야 마음 편하게 일을 할 수 있을 것 같았다.

(걱정 마.)

구덕만은 계속해서 걱정 말라는 말을 했다.

(워낙 바꿀 게 많아서 그래. 한두 장도 아니고 말이야. 크게 땄을 땐 좀 이해해 줘.)

구덕만이 다시 한 번 늦어지는 이유에 대한 썰을 풀었다.

그리고 자기니까 이런 원스톱 서비스를 제공하는 거라는 생색을 냈다.

"네. 늦지 않게 처리해 주세요."

남자는 구덕만이 이전에 했던 말을 떠올렸다.

베팅 시 한 사람당 1회차당 10만 원의 베팅 제한 금액이 있는데 복권방 주인도 아닌 사람이 한꺼번에 은행에 들고 가게 되면, 판매자인 자기도 곤란하다는 식으로 전에 구덕만이 썰을 풀었었다.

그리고 그런 연유로 한꺼번에 마틴 베팅으로 많이 뽑을 땐, 해당 용지를 자신이 보관하고 적중금 처리까지 해 주겠다고 쉴 새 없이 언질을 주었다.

그 때문에 베팅 용지도 받지 않은 채 환급도 맡겨 둔 상태였고, 이번에도 그 방식대로 쭉 절차가 이뤄지고 있었다.

지금 생각해 보면 정말 위험한 방식이었다.

"흠, 문제없겠지?"

금액이 얼마 안 될 때야 그래도 마음 부담이 덜했지만, 이번엔 왠지 계속해서 뭔가 마음에 걸렸다.

아무래도 금액이 워낙 커서 그런 것 같았다.

'에휴.'

남자는 속으로 투덜거렸다.

앞으론 금액이 어느 정도 넘어가면 복권방 사장이 무슨 말을 하든지 간에 무조건 프로토 베팅한 것을 발급받아 와야겠다고 생각했다.

너무 그를 신뢰한 것 같았다.

막상 돈 거래를 깔끔하게 할 땐 신경 쓰이지 않았는데, 이번처럼 뭔가 조금씩 늦어지니 마음이 너무나 싱숭생숭했다.

자신이 돈에 그리 연연하지 않는 사람인 줄 알았는데, 알고 보니 아니었다.

역시 사람은 일이 닥쳐 봐야 그릇을 알 수 있었다.

자신은 돈에 매우 민감했다.

지금까지 이렇게 큰돈을 누구에게 맡긴 적이 없었기에 몰랐던 것이다.

그렇다 보니 조금씩 불안해졌다.

생각해 보니 구덕만이 말만 번지르르하게 했지, 제대로 된 실체를 보여 준 적이 없다는 것을 떠올렸다.

그리고 구덕만의 말에서 항상 빠짐없이 나오는 '큰손' 이야기.

막상 큰손에 대해선 자신이 제대로 아는 바가 없었다.

혼자서 끙끙 앓기 시작했다.

지금이라도 '구덕만의 복권방으로 뛰어가야 하나.'라는 생각이 들었다.

'뭐, 워낙 비밀리에 진행해서 그런 걸 수도 있으니.'

큰손들 것 처리해 주느라 바빠서 조금 늦게 베팅 처리했다는 말도 하곤 했다.

그걸 다시 떠올리니 조금 마음이 풀렸다.

그런 사람들도 거래하고 있는데, 자신 정도면 크게 문제없으리라 생각했다.

자기 자신의 선택에 대해서, 가능한 좋은 쪽으로 해석하는 사람들의 심리적 방어기제가 작동한 것이다.

♠ ♠ ♠

긍정적으로 생각하자.

돈이 들어온다.

고민 대신, 2시간 후에 들어올 돈을 어떻게 쓸지를 고민하기 시작했다.

째깍째깍.

시간이 흘렀다.

하지만 1시가 되어도 구덕만으로부터 연락이 오지 않았다.

입금했다는 문자가 날아올 시간이 지난 상황.

"아, 정말. 왜 이래."

결국, 휴대폰으로 인터넷 뱅킹에 접속했다.

혹시 구덕만 사장이 입금 후 문자를 빼먹은 게 아닌가 하는 생각.

하지만 돈은 입금되어 있지 않았다.

"아, 씨발."

절로 욕이 흘러나왔다.

하지만 조금 늦어질 수도 있다는 생각에 좀 더 기다렸다.

그러다가 1시 10분이 지나자 더 참지 못하고 문자를 보냈다.

처음엔 정중하게.

하지만 답이 없다.

이번엔 좀 더 강하게.

그러자 '지금 처리하러 가는 중.'이란 답문이 날아왔고 통화가 어렵다는 문자가 왔다.

"아, 정말. 사장님, 일 처리가 뭐 이래. 좀 빨리빨리 처리하지."

3시부터 교대 근무 시작인지라 아무리 늦어도 2시 30분까진 준비하고 대기해야 했다.

식사가 문제가 아니라 신경이 너무 쓰였다.

남자는 휴대폰을 들었다.

그러고는 전화를 걸었다.

위잉. 위잉.

구덕만 사장이 통화가 어렵든 말든 상관없었다.

그와 통화를 시도했다.

하지만 구덕만은 전화를 받지 않았다.

"왜 전화 안 받아! 씨발."

절로 욕이 흘러나왔다.

디링.

그때 구덕만으로부터 문자가 왔다.

장문의 문자였다.

"뭐라는 거야?"

남자는 그 내용을 확인했다.

사기꾼에게 당하다 • 191

내용은, 입금이 늦어져서 미안하다는 말과 함께, 정말로 급한 일이 생겨서 그것 처리한 후에 마감 시간 전까지 은행 들러서 적중된 것을 처리한다는 말이었다.

그러곤 거듭 미안하다는 내용이 적혀 있었다.

"아, 짜증 나네. 지금 장난해?"

남자는 인상을 찌푸렸다.

시계를 봤다.

1시 30분이 가까워진 상태.

당장 복권방으로 뛰어가고 싶었지만, 어차피 가게 찾아가도 만날 길이 없는 것이다.

도대체 무슨 바쁜 일이냐고 문자를 보냈고, 끓어오르는 화를 참으며 오후엔 늦지 않게 꼭 처리해 달라는 답문을 보냈다.

찌릿. 찌릿.

머리에 두통이 몰려왔다.

엄청 신경에 거슬렸다.

기분 나쁜 감각이 스멀스멀 올라왔다.

일하는 와중에 주변 사람들이 무슨 일이 있냐고 물어볼 정도였다.

대충 둘러댄 후, 은행 마감 시간이 되기만 기다렸다.

하지만 근무 중 스마트폰 사용은 금지였다.

휴대폰을 맡긴 후, 끄고 있어야 했다.

지금 상황에서는 저녁 식사 시간에 잠시 확인이 가능했다.

어떻게 시간이 흘렀는지 기억도 나지 않았다.
남자는 이렇게 긴 1분 1초는 겪어 본 적이 없었다.
드디어 식사 시간이 되었고 바로 휴대폰을 확인했다.
하지만 입금했다는 구덕만의 문자는 없었다.
디딕.
인터넷 뱅킹에 접속했다.
들어가 봤지만 입금된 것은 없었다.
숨이 막혔다.
저녁 식사를 하러 갈 여유가 없었다.
바로 복권방 사장에게 전화를 걸었다.
하지만 전화를 받지 않았다. 그리고 바로 문자가 왔다.
생각지도 못한 황당한 소리였다.
"뭐야, 이거?"
어머니가 돌아가셔서 급하게 내려갔다는 문자였다.
어머니가 갑자기 위독하다는 연락을 아침에 동생한테 받았는데, 설마 설마 하다가 지금 일이 터져서 수습하기 위해 급하게 내려간다는 말이었다.
미안하다는 말이 같이 구구절절 붙어 있었다.
"아, 정말. 아우, 지금 이게 무슨."
남자는 화를 꾹 눌러 참고 문자를 보냈다.

어머니가 돌아가셨다는데 심한 말을 할 수는 없었다.

너무 정신이 없어서 제대로 처리를 못했다는 복권방 사장의 말에 차마 그를 더 윽박지를 수가 없었던 것이다.

왜 하필 이때!

화를 꾹꾹 눌러 참았다.

도대체 언제 올라오냐는 말을 최대한 정중히 물어보았다.

복권방 사장은 3일 후에 올라온다고 했다.

3일이나 돈이 묶이는 것이다.

남자는 계속해서 문자를 보냈다.

적중된 용지들은 지금 사장님이 다 가지고 있으니까.

그래도, 돈 입금은 해 주고 가야 하지 않겠냐고.

아무리 바빠도 그렇지, 한두 푼도 아닌데 이렇게 거래하시면 어떡하느냐는 말을 보냈다.

그러자 바로 답문이 왔다.

돈은 걱정 말라고, 끝내고 서울 올라가는 대로 바로 처리해 주겠다는 말이었다.

말은 참으로 시원시원하게 하는 복권방 사장이었다.

걱정 말라는 말만 계속했다.

그럼 자신이 바꿀 테니 적중 용지를 달라는 말에, 이미 자물쇠 잠겨 있는 금고에 안전히 보관해 두고 자신은 벌써 지방으로 내려가는 차 안이라는 답변이 왔다.

남자로선 황당하기 이를 데 없었다.

"아휴, 씨발. 무슨 거래를 이따위로 해."

욕이 흘러나왔다.

다시는 거래하지 않겠다고 생각했다.

무슨 장부 거래를 하면서 이따위로 하냐는 말만 입으로 계속 중얼거렸다.

어머니가 돌아가셨다는 말만 아니었다면 확 뒤집어엎었을지도 몰랐다.

이래서 빚쟁이들을 칼로 찔러 죽이는구나 라는 생각이 들었다.

예전에 뉴스에서 봤을 땐 너무 심하다고 생각했는데, 막상 자신이 이런 상황이 되니 사람이 열 받으면 충분히 그럴 수도 있겠다 라는 마음이 들었다.

결국 기다리는 방법밖에 없는 상황.

남자는 늦기 전에 식당에서 식사를 했다.

밥맛을 하나도 느낄 수 없었다.

다음 날 아침.

혹시나 하는 마음에 부리나케 복권방으로 달려갔다.

복권방의 문은 굳게 닫혀 있었다.

그리고 입구에는 '喪中'이라는 한자가 붙어 있었다.

상중이라고 붙여 놓은 것을 보니 진짜 상을 당한 것 같았다.
설마, 어머니 돌아가신 걸로 허풍을 떨진 않을 거란 생각도 들었다.
"아우, 미치겠네."
지금 상황에선 복권방 주인이 돌아올 며칠 동안, 속으로 끙끙 앓을 수밖에 없었다.
내 손에 들어오지 않은 돈은 내 돈이 아니란 말의 의미를 이해할 수 있었다.
그동안 돈이란 것을 너무 쉽게 생각했던 것이다.
복권방 사장과의 거래는 단지 장부상의 숫자에 불과했다.
그럼에도 불구하고 자신의 손에 들어와 있는 돈처럼 착각한 것이다.
3일이면 돌아올 것이다.
그것만 기다렸다.
어머니 죽음을 팔아서 이런 짓을 할 사람은 없다고 생각했다.

번뜩.
나는 기억에서 깨어났다.

구덕만이 건네준 믹스 커피를 마시고 있는 중이었다.

너무 깊게 생각에 빠져 있었다.

거의 유체 이탈이 일어날 정도로 정신을 놓고 있었던 것이다.

"제길."

이를 악물었다.

구덕만을 만나게 되니 예전의 악몽이 떠오른 것이다.

'어, 그러고 보니……'

예전의 악몽이라 하기엔 좀 말이 맞지 않았다.

앞으로 다가올 미래의 악몽이라고 해야 할 것 같았다.

피식.

나도 모르게 웃음이 터져 나왔다.

"바보 녀석."

지금 생각하면 그 당시의 나는 너무나 순진했다.

사기꾼의 전형적인 사탕발림에 넘어갔던 것이다.

신뢰.

사기꾼들이 가장 잘 써먹는 무기였다.

나는 고개를 돌렸다.

구덕만이 사람 좋은 미소를 지으며 나를 맞이하고 있었다.

꿈속에서 보았던 모습 그대로였다.

과거의 나에게 보여 주었던 모습과 똑같았다.

뭐, 과거가 바로 지금이니 다른 게 더 이상할지 몰랐다.

나는 천연덕스럽게 머리를 긁적거리며 말했다.

"에구, 장부 금액이 거의 오링 난 것 같아서요. 확인하러 왔네요."

이전의 내가 보였던 모습.

내가 선의를 베풀면, 상대도 똑같이 선의를 베풀어 주리라 착각했던 때의 모습.

사기꾼들이 노리는 타깃이 바로 나 같은 사람이었다.

상대방의 선의를 이용한다.

이게 사기꾼의 기본적인 전략이고, 이런 놈들은 양보하면 양보할수록 더 받아 내려 한다.

사기꾼 놈들 앞에선 절대 양보를 해선 안 된다.

그리고 더 좋은 방법은, 사기꾼들과는 아예 상종을 하지 말아야 한다는 점이다.

물론 사람을 차별 대우하란 말은 아니다.

다만, 상종할 가치가 있는 사람들과 만나서 더 좋은 기회를 만들기도 벅찰 상황에서, 귀중한 시간을 사기꾼 놈들에게 쓴다는 것 자체가 아까운 일이었다.

이전에는 이런 세상의 진리를 모르고 있다가 통수를 당했던 것.

하지만 이번엔 아니었다.

이전에 당했던 것에 대한 철저한 응징을 할 생각이었다.

사기꾼에게 가장 통쾌한 복수는 무엇일까.

결론은 이거였다.

'나도 똑같이 사기를 쳐 주마.'

구덕만을 철저히 파괴할 생각이었다.

그가 나에게 저지른 죄악.

그 죗값을 반드시 치르게 해야 했다.

내가 그런 생각을 하고 있는 사이에, 구덕만이 장부를 챙기기 시작했다.

"장부 보여 줄게요. 기다려 봐요, 경일 씨."

어차피 복권방에는 나 외엔 다른 손님은 없었다.

애초부터 장부 거래로 먹고사는 자였다.

그리고 나중에 친해지고 나서는 말을 놓지만, 아직은 그가 말을 놓지 않은 시기였다.

그도 나에 대해서 파악하고 있는 단계인 것 같았다.

나에게 토사장 짓을 해도 충분히 괜찮겠다는 확신을 얻은 다음.

아마 말을 놓기 시작할 즈음부터 본격적으로 토사장 짓을 할 것 같았다.

나는 그때를 기다렸다.

좌락.

구덕만이 나에게 장부를 보여 주었다.

날짜와 금액이 꼼꼼하게 적혀 있었다.

한 번에 알아볼 수 있게 되어 있었고, 내가 머릿속에 생각해 두었던 금액과 모두 일치했다.

구덕만이 으쓱거리며 말했다.

"봤지? 이상 없죠?"

그는 여유 있는 표정으로 꼼꼼히 확인해 보란 투로 이야기까지 했다.

"깔끔하네요. 역시 사장님은 일 처리가 꼼꼼해요."

내가 구덕만을 칭찬했다.

그러자 그가 다시 한 번 으쓱거리며 말했다.

"어휴, 제가 이 바닥에서 장사한 게 몇 년인데요."

그는 자신이 신뢰할 수 있다는 사람이란 걸 계속해서 떠벌렸다.

그땐 그가 장부 거래를 꼼꼼히 잘해서 보여 주는 걸 보고 그를 신뢰했다.

하지만 돌이켜 생각해 보면, 꼼꼼하게 장부 거래 잘해서 보여 주는 것과 신뢰 있게 돈을 잘 처리해 주는 것은 별개 문제였다.

돈 거래를 하면서 애초에 장부를 꼼꼼히 써 주는 건 당연한 것이었고, 그런 것도 못한다면 바로 돈 거래를 그만해야 했다.

그리고 장부를 꼼꼼히 쓴 걸 보여 주면서, 자신을 신뢰할 수 있는 사람이라 포장하는 놈들치고 제대로 된 놈이 없다는 사실을 나중에서야 안 것이 너무 후회되었다.

진짜 신뢰할 수 있는 것은 돈이었지, 이런 자신감에 찬 말이 아니었다.

습관적으로 신뢰, 의리 거리면서 자신을 신뢰할 수 있는 사람으로 치장하는 것 자체가, 그 사람에게 뭔가 문제가 있다는 의미였다.

잠시 동안 쓸데없는 잡담이 이어졌다.

눈치를 보던 구덕만이 나에게 떠벌리기 시작했다.

"저랑 장부 거래는 믿고 할 수 있어요. 그리고 지금 저도 꽤 많은 숫자의 큰손들과도 거래하고 있고요."

"그래요?"

나는 흥미가 동한다는 표정으로 말했다.

그의 말은 일관성이 있었다.

다른 표현으로 말하면 변함없이 똑같다는 이야기.

지금 다시 들으니 검증도 불가능한 말도 안 되는 이야기였다.

큰손 이야기부터 시작해서 자신은 운영하는 가게도 있기에 걱정 없이 장부 거래할 수 있다는 말들.

후광 효과라고 해야 하나.

그런 걸로 자신을 포장했다.

세상 물정 잘 모르는 사람들을 속여 넘기기 딱 좋은 방법이었다.

그 당시의 나는 정말로 사회 물정을 몰랐던 것이다.

사기꾼들은 바로 이런 사람들을 노렸다.

떠벌떠벌.

구덕만은 한참 동안 다시 이야기를 했다.

장부 거래의 편리함.

자신이 사실상의 원스톱 서비스를 제공한다는 점을 강조했다.

자본력이 있는 사람의 입장에서는 매우 편리한 서비스였다.

"괜찮네요."

나는 흥미가 매우 동한다는 표정을 지으며 말했다.

그리고 바로 돈에 대한 이야기를 꺼냈다.

"입금 바로 할게요."

2백만 원 입금.

잔고가 거의 바닥났기에 그에게 다시 보내 주고 장부에 2백만 원을 기록하는 것이다.

딸깍.

나는 스마트폰으로 바로 입금 처리를 해 주었다.

"입금했어요."

"잠시만요. 오케이. 확인했어요."

쓰윽.

구덕만이 장부에 오늘 날짜를 쓰고 추가로 입금된 금액을 기재했다.

남은 잔액이 10만 원에서 210만 원이 된 것이다.

표시를 완료한 그가 덕담을 남겼다.

"좀 하시다 보면 감이 오고 잘 맞힐 수 있을 거예요. 허허."

구덕만이 사람 좋은 목소리로 이야기했다.

하지만 나는 알 수 있었다.

어차피 돈은 못 딸 테니 계속 잃으란 말과 같았다.

"하지만 손해가 너무 크네요. 쩝."

나는 장부를 보며 인상을 찌푸렸다.

적중된 것이 거의 없었다.

매회차 10만 원에서 20만 원씩 베팅을 했는데, 장부 기록상 거의 10퍼센트 정도밖에 건지지 못한 상황.

승률이 정말 나빴다.

물론 내가 일부러 조절한 상황이었다.

하지만 구덕만은 그 사실을 알 리가 없었다.

"경일 씨는 센스가 있으니, 경기 감각만 살리면 적중 잘 될 거예요. 여기 큰손들은 다섯 번 중에 거의 세 번을 맞히거든요. 항상 이득 봐요."

구덕만은 내가 손을 뗄 것같이 보이자 바로 회유하기 시작했다.

도대체 그가 말하는 큰손들은 어떤 존재인지 감이 오지 않았다.

물론 전업 베터를 말하는 것 같기도 했다.

아직도 그가 진짜로 전업 베터들 몇 명과 장부 거래를 하면서 정말로 거래를 했는지는 알 수 없었다.

하지만 확실한 것은, 그들은 구덕만이 뭔가 이상해지자 바로 손을 털고 나왔고, 나는 그걸 모르고 있다가 완전히 옴팡 뒤집어썼다는 사실.

이번엔 내가 그에게 뒤집어씌울 차례였다.

"이거, 계속 경기를 해야 하는지……."

나는 주저하는 제스처를 취했다.

그러자 구덕만은 몸이 단 것 같은 모습을 보였다.

그의 입장에선 돈도 잘 잃어 주는 좋은 호갱이었는데 이렇게 놓치면 아까운 것이다.

"허허, 하시다 보면 감이 올 거라니까요. 경험이 최고예요."

그는 계속해서 좀 더 해 볼 것을 권유했다.

그러자 나는 홀깃 말을 꺼냈다.

"손해 본 것이 너무 크네요. 그러니… 베팅 금액을 앞으론 좀 더 높여야겠어요."

금액을 높인다는 말에 구덕만의 표정이 밝아졌다.
프로토 초짜들이 실수하는 가장 큰 실수.
손해를 벌충하기 위해, 즉 본전 생각에 베팅 금액을 높이는 실수를 벌이고 있는 것이다.
"그거 괜찮은 방법이네요."
구덕만이 웃으며 말했다.
정말 최악의 방법을 택하고 있지만, 그로선 알 바 아니란 태도.
나는 속으로 헛웃음이 나왔다.
사람 좋게 웃고 있는 그에게서 사악한 사기꾼의 모습이 보였다.
"금액을 높일 거면, 제가 좋은 방법 알려 드릴게요."
"뭔데요?"
좋은 방법이란 말에 궁금하다는 태도를 지으며 물어보았다.
"마틴이란 방식인데요."
솔깃.
귀가 움직였다.
그가 예전의 나에게 말했던 때보다 훨씬 일찍 마틴 베팅을 알려 주고 있었다.
아마도 내가 금액을 키운다고 하자 먼저 말을 꺼낸 것 같았다.

그러고 보니 예전의 나는 금액을 키우는 것을 한참 후에야 시도했던 것이다.

"정말 이거 단골들에게만 알려 주는 거예요."

그가 예전에 했던 것처럼 으쓱거렸다.

머릿속의 기억이 오버랩되었다.

그때의 모습과 전혀 달라진 것이 없었다.

"큰손들이 주로 하는 방법이고요."

구덕만이 큰손들을 언급했다.

나는 속으로 어이없다는 쓴웃음을 지었다.

그놈의 큰손들. 도대체 나중에 혹시라도 진짜 만나게 되면 손이 얼마나 큰지 자로 한번 재 보고 싶다는 생각까지 들었다.

"어떤 거죠?"

하지만 나는 짐짓 모르는 체하고 그가 하는 말을 듣기 시작했다.

"절대 손해 안 보는 방법이에요. 하하."

물론 거짓말은 아니었다.

자본금이 무한이라는 가정이라면.

그렇기에 현실에서는 그야말로 빛 좋은 개살구 이론에 불과했다.

"그 마틴이란 방식이 그리 좋은 건가요?"

"그럼요. 진짜 마법의 베팅 방법이죠. 하하."

사람을 죽이는 마법이라면 마법이라 할 수 있었다.

지옥행 특급열차 티켓.

그는 내가 익히 알고 있는 마틴 베팅 방법에 대해 떠벌리며 설명을 시작했다.

"네. 네. 괜찮네요."

나는 정말 기묘한 술책을 듣는다는 표정을 지으며 그의 말을 경청하는 척했다.

하지만 이제는 알고 있었다.

마틴게일 방법이 가진 치명적 단점과 위험을.

구덕만 사장도 분명히 그것을 알고 있을 터였다.

그럼에도 불구하고 이걸 권유한다는 것은 정말로 내 돈을 하나도 남김없이 빨아먹으려는 시도라고밖에 볼 수 없었다.

나는 마틴게일 베팅이 왜 위험한지를 떠올리기 시작했다.

수억의 빚을 진, 토쟁이의 목숨을 건 경험에서 우러나오는 경험담.

마틴 베팅, 절대로 하지 마라.

제8장

마틴 베팅, 절대로 하지 마라

도박 중독자

너에게 죽이고 싶은 원수가 있다면
프로토를 알려 주고,
마틴 베팅을 알려 줘라.

  인터넷상에서 최고의 돈 따는 기법인 양 소개되는 마틴 베팅.
  실제로 마틴으로 큰돈을 벌었다는 인터넷 글들도 상당수 존재했다.
  하지만 그런 글들은 이른바 사설 베팅 사이트의 총판들

이 미끼로 뿌린 글들이 상당수이다.

 실제로 파고든다면, 마틴 베팅이야말로 지옥행 특급열차의 1등석 티켓이다.

마틴게일 베팅, 줄여서 마틴은 왜 위험한가?

[위험성 1.]

 베팅 금액이 무한하게 확대될 수 있다는 점이다.
 마틴은 계속해서 베팅 자본금을 늘려 나가는 방식이고, 그 금액은 패배가 계속될수록 순식간에 배로 늘어나게 된다.
 물론 확률상 연속적으로 쭉 틀릴 가능성은 매우 적다고 할 수 있다.
 이 점이, 인터넷상에서 마틴 베팅을 추천하는 가장 큰 이유이다.
 만약 절반의 확률로 적중이 된다는 가정 시, 계속 베팅할 경우 세 번 모두 틀릴 확률은 $1/2 \times 1/2 \times 1/2$이기에 8분의 1에 불과한 것이다.
 사람들은 그 말에 귀가 솔깃해진다.
 스포츠 베팅을 하는 사람들은 자신이 어느 정도 경기를 잘 맞힌다고 생각하고 있고, 그러다 보니 자신감이 넘치게 된다.

로또와 비슷한 감정.

자신이 찍은 팀은 들어온다는 이상한 확신을 가지는 것이다.

그런 상황에서 마틴을 하게 될 경우, 당연히 베팅 횟수가 늘어날수록 계속해서 연속으로 틀릴 확률은 급격하게 떨어진다.

이건 수학적으로 검증된 부분이기에 사실이다.

하지만 대부분의 사람들은, 연속된 패배 횟수가 늘어날수록, 베팅해야 할 금액 또한 엄청나게 늘어나게 된다는 점을 인식하지 못하는 경우가 많다.

마틴의 무서운 점.

사람을 잡아먹는 돈.

결국 마틴을 하기 위해서는 막대한 자금력이 전제가 되어야 한다.

베터의 자금력은 누구나 한계가 있을 수밖에 없다.

정말 취미로 하는 것이 아니라면 말이다.

프로토 베팅은 철저하게 수학적으로 움직인다.

확률과 통계의 문제.

그러한 필연에 따라, 연속된 패배는 언젠간 나오게 된다.

그리고 그 연속된 패배가 베터가 감당할 수 없는 상태에 이르게 될 경우, 결국 자금난의 한계에 봉착하게 될 것이다.

그 순간이 바로 둠스데이.

파멸의 시간이자 심판의 시간.

사람이 이성을 잃게 되면 실수를 하게 되고, 도박꾼은 이성을 잃는 순간 모든 것을 잃게 된다.

이 정도 상태가 되면 베터는 모든 이성을 잃은 상태가 된다.

속된 말로 눈이 뒤집히는 것이다.

그의 마음속에서는 오직 다음 한 판의 기회.

이것밖에 떠오르지 않게 된다.

다음 베팅에서 마틴을 걸어서 따게 되면, 모든 문제가 해결되는 것이다.

하지만 결국 돈.

돈이 문제였다.

돈이 없으니 베팅을 할 수가 없었다.

없으면 만들어야 한다.

좌절감.

마약 중독자들이 마약이 없어서 공허함과 괴로움에 빠지는 것 이상의 괴로움과 허탈감이 온몸을 휘감게 된다.

도박 중독자의 말이었다.

만약, 돈을 구하지 못하면?

결국 지금까지 이룬 것을 모두 다 잃고 토쟁이, 도박꾼이라는 오명밖에 남지 않는 것이다.

 지금까지의 시간과 삶을 부정할 수 없기에 어떻게 해서든지 돈을 마련해야 했다.

 하지만 도박에 빠진 토쟁이가 돈을 구하기 쉬울까?

 보통 이 정도의 상황에 빠질 정도면, 아마 자신이 보통의 수단으로 구할 수 있는 돈은 그야말로 깡그리 다 구한 상태일 터였다.

 카드론, 현금 서비스 한도는 이미 풀로 다 채운 상태.

 그렇다면 남은 방법은?

 평소에는 상상도 하지 못했던 일들을 벌이게 되는 것이다.

 범죄.

 강도, 납치 행위 등.

 정말로 그럴까?

 사람이 그렇게까지 망가질 수 있을까 하는 생각이 들 수 있다.

 하지만 흔히 뉴스에 나오는 도박 자금 때문에 벌이는 범죄들.

 뉴스에도 등장하지 않지만 다양한 도박 관련 범죄들이 벌어지고 있으며 급격히 증가하고 있다.

 그리고 이러한 타인에 대한 범죄를 저지르기 전에 먼저,

고려하는 범죄가 있다.

바로 가족의 돈을 끌어다 쓰는 것이다.

수단은 다양했다.

대표적으로 사기, 횡령, 배임 등. 또는 몰래 훔쳐 가는 절도도 있었다.

가족의 돈에 손을 대는 것.

이것은 가족마저 지옥으로 빠트리는 행위였다.

도박꾼 한 명으로 인해서 가족 모두가 지옥의 구렁텅이에 빠지게 된다.

그리고 가족의 해체로 나아가게 되었고, 가족이 원수가 되는 것이다.

돈이 그렇게 무섭다.

[위험성 2.]

사실 이 부분이 정말로 중요한 핵심임에도 불구하고 이 부분에 대해서 관심이 많이 없기도 하다.

인터넷상에 흘러나오는 글들도, 설사 알고 있다고 하더라도 일부러 이 부분의 단점을 언급하지 않거나 숨기는 것이다.

대부분 마틴을 꼬드기는 자들 중 총판들이 많았고, 그들은 굳이 그런 정보를 알려 줄 필요가 없으니 말이다.

그건 바로, 마틴은 '궁극적으론 돈을 따는 것이 아니란' 점에 있다.

즉, 돈을 2배로 늘려 가면서 베팅을 한다고 해도, 결국 이는 손해를 벌충하는 것에 불과했다.

물론 그렇다면 '손해를 어느 정도 회복하는 게 제일 좋은 일 아니냐.'라는 반문이 있을 수도 있다.

하지만 다시 첫 번째로 돌아가서 본다면,

확률상 계속해서 돈을 잃을 확률은 분명히 있고, 매일같이 경기가 있는 프로토 베팅의 성격상 빠른 시간 내로 그런 연속된 패배를 겪을 수밖에 없다.

그렇다면 계속해서 마틴 베팅 덕분에 손해는 보지 않는다고 하더라도, 언젠가는 결국 자신의 자본금을 능가하는 범위의 큰 손해를 입게 될 수밖에 없고, 그때가 지금까지 모았던 돈을 베팅 사업자, 이른바 토사장에게 가져다 바치는 날이 되는 것이다.

물론 여러 가지 경우의 수를 고려하여 자신은 그렇지 않을 것이라 확신하는 사람이 있을 수도 있겠지만, 결국 횟수가 늘어나게 되면 확률과 통계라는 놀라운 숫자의 힘이 베팅을 지배하게 된다.

다시 한 번 프로토를 보자.

아무리 확률이 좋은 경기라 하더라도 사실상 그 적중률은 70퍼센트 이하라 할 수 있다.

당장 베팅 사이트의 기존 경기 결과만 보더라도 이른바 이변이나 쓰나미가 나오는 것을 확인할 수 있다.

그리고 합법 프로토의 경우는 강제 두 폴더를 해야 한다. 이 경우 0.7×0.7은 0.49. 사실상 절반의 확률로 뚝 떨어지고, 더구나 이 정도의 확률 좋은 경기는 대부분 이른바 똥배당이기에 두 경기를 곱해도 2배는 고사하고 1.5배도 안 되는 경우가 많다.

설사 사설 베팅을 한다고 해도 2배를 잡으려면 그리 쉽지 않은 조합이 이뤄진다.

결국 경기 조작이 없다고 하더라도, 확률과 통계라는 거스를 수 없는 힘으로 인해 베터는 손해를 볼 수밖에 없는 것이다.

이런 상황에서 마틴을 하는 것은, 결국 언젠가 다가올 파국을 늦추는 효과밖에 없었다.

확실한 토사장의 먹잇감으로 삼켜질 운명밖에 되지 않았다.

"그러니까 마틴 베팅이……."

구덕만 사장이 떠벌리는 말을 들으며 나는 속으로 생각했다.

예전에, 아니 과거의 미래에 구덕만 사장의 꾐에 넘어가 마틴 베팅을 하면서 그래도 첫 번째나 두 번째에 돈을 따기도 했었다.

 그때 꽤 많은 돈이 들어왔기에 상당한 수입을 번 줄 알았는데, 막상 나중에 생각해 보니 잔고는 그다지 큰 차이가 없어서 고개를 갸우뚱했던 것이다.

 지금에서야 다시 계산해 보니, 그럴 수밖에 없는 구조였다.

 이건 그저 본전 회복용이었다.

 물론 손해를 보지 않을 수 있는 베팅이란 말은 맞았다.

 하지만 결코 돈을 벌기 위한 베팅도 될 수 없었다.

 그렇다면 차라리 그 시간에 다른 유용한 일을 하는 게 훨씬 나았다.

 시간만 낭비하는 것이다.

 "어때? 괜찮죠? 정말 마법의 기법이라니까요. 큰손들도 다 이렇게 해요."

 구덕만이 미소를 지으며 말했다.

 나도 똑같이 미소를 지었다.

 "괜찮네요. 우와, 큰손들도 그렇게 한다니."

 하지만 속으로 생각했다.

 이건 그야말로 토사장을 위한 베팅이라고.

 안정적으로 베터들의 돈을 받아 갈 수 있었다.

물론 토사장 자체도 자금력이 약한 경우에는 베팅을 하는 사람이 마틴을 걸 경우 부담이 매우 커질 수도 있었다.

 하지만 자신이 커버할 수 있는 범위 내의 자금으로 프로토 사업을 진행하는 토사장이라면 마틴 베팅은 꽤 쏠쏠한 수익을 보장해 주는 방법이라 할 수 있었다.

 참고 기다리다가 베터들이 탈탈 털릴 때만 노리면 되는 것이다.

 그리고 사설 토토의 경우는 정말로 나쁜 놈들이 많았다.

 마틴 베팅을 하면서 기다리다가 결국 돈을 따면 쫓아내 버리는 것이다.

 그야말로 날로 돈을 먹는 날강도가 따로 없었다.

 여하튼, 구덕만도 사설 베팅은 권하지 않았다.

 지금은 알고 있지만, 사실상 자신이 토사장이니 사설 베팅을 권할 이유가 없는 것이다.

 "근데 계속 연패하면 어떻게 해요?"

 나는 넌지시 물어보았다.

 원래는 그냥 돌아가려 했지만 워낙 구덕만이 떠들기 시작하니 살짝 배알이 꼴린 것이다.

 지금 생각해 보면 이런 말도 안 되는 감언이설에 넘어간 자신이 한심하기도 했다.

 "아, 그거. 그럼 다음에 두 배로 걸면 돼요."

 "하하, 그러네요. 근데 또 날리면요?"

내가 계속 물어보자 구덕만은 살짝 귀찮아진 것 같았다. 하지만 그는 꾹 참는다는 표정을 지으며 대답해 주었다.

"그럴 확률은 정말 드물다니까요. 허허, 조금만 생각해 봐도 되잖아요."

조금만 생각해 보면 된다는 구덕만의 말에 나는 속으로, 이게 누굴 호구 병신으로 아나 라는 생각을 했다.

하지만 바로 그 호구 병신이 나였기에 속으로 다시 쓴웃음을 지었다.

"딱 한 번만 성공하면 됩니다. 확률상 언젠가 될 수밖에 없어요."

날 속여 먹었던 마법의 문장.

저 말에 속아 넘어갔던 것이다.

"네. 알겠습니다. 딱 한 번만 이기면 되니까요. 하하."

나도 웃어 줬다.

신뢰를 주는 구덕만의 말.

사기꾼은 역시 사기꾼이었다.

이미 그가 벌였던 행적을 잘 알고 있음에도 불구하고 지금 다시 말을 섞으니 그의 말이 꽤 그럴듯하다는 느낌이 들 정도였으니 말이다.

나는 잠시 자리를 옮겼다.

복권방에 준비된 PC 앞에 앉아서, 합법 프로토 사이트의 경기 베팅 화면을 바라보았다.

마틴 베팅, 절대로 하지 마라 • 221

구덕만은 나를 한 번 힐긋 본 후, 다른 손님들이 부탁한 베팅들을 마킹하기 시작했다.

잠시 나는 과거의 기억을 떠올렸다.

그러지 않으면 구덕만의 그 교묘한 사탕발림에 귀가 솔깃할 것 같았다.

분노심, 적개심.

이것이 내가 가지는 힘의 원천이 되어야 했다.

그것을 최대치로 가동하기 위해선, 과거에 치밀었던 분노에 대한 기억 상기가 최고였다.

물론 절대로 유쾌한 경험은 아니다.

파르르.

몸이 떨리기 시작했다.

손에 흉기가 있다면 이 자리에서 저 남자를 죽여 버릴지도 몰랐다.

"아, 씨발."

한 남자가 문이 굳게 닫혀 있는 복권방 앞에서 욕설을 하고 있었다.

"무슨 장사를 이따위로 해. 왜 문 안 열어!"

가게에 붙여 놨던 '상중'이라는 문구는 누가 제거했는지 보이지 않았다.

하지만 여전히 문은 굳게 잠긴 채 닫혀 있었다.

3일 후에 올라오겠다고 한 구덕만 사장은 여전히 소식이 없었다.

계속해서 전화를 했지만 연락이 되지 않았다.

결국 가게로 뛰어왔고, 닫혀 있는 문만 보면서 속을 끓이고 있었다.

마음 한편에 '먹튀 당했구나.'라는 생각이 계속 들었다.

처음 3일간은 어머니 상을 당한 사람이니 이해해야지 하는 생각에 참고 기다렸다.

그리고 '가게도 있는 사람이니 문제없겠지.'라는 생각을 했다.

하지만 약속했던 3일이 지나도 그는 나타나지 않았다.

결국 가게 앞에서 서성이고 있는 것이다.

당장 카드 값 메울 돈부터 엄청난 돈이 묶여 있는 상태였다.

"아, 씨발."

결국 그는 문자를 보냈다.

당장 연락 주지 않으면 사기로 고발하겠다는 내용이었다.

웅성웅성.

"응?"

그때 남자의 눈에 몰려오는 사람들이 보였다.
"저 사람들은 뭐야?"
그들과 눈이 마주쳤고, 잠시 주저하다가 대화를 나누기 시작했다.

결국 먹튀로 판명 났다.
가게엔 어디서 왔는지 알 수 없는 사람들이 몰려와서 난리를 피우고 있었다.
남자도 그들을 통해서 알음알음 정보를 캐낼 수 있었다.
내심 그들이 바로 구덕만이 말한 큰손인가 하고 생각했지만, 그건 아니었다.
"으어억."
남자는 숨을 헐떡거렸다.
벽에 손을 짚은 채 어떻게든 정신을 차리려 했다.
"이게 도대체 무슨 일이야……."
황당하게도 베팅을 하는 베터는 나밖에 없었다.
이미 장부 거래하던 사람들은 구덕만이 이상해지자 모두 눈치채고 거래를 끊었던 것이다.
눈치 없는 자신을 탓해야 했다.
지금 몰려온 사람들은 채권자들이었다.
채권자. 즉, 구덕만에게 돈을 빌려 준 사람들.
그 사람들도 격한 반응을 보이고 있었다.

구덕만은 복권방 투자 등을 핑계로 주변 가게 사장들에게 돈을 빌렸던 것이다.

그들에게도 큰손에 대한 이야기를 꺼내면서, 그들과 거래할 때마다 수수료가 엄청나게 들어오니까, 그걸 나눠 먹자는 제안을 했었던 것이다.

수수료 5퍼센트에서 3퍼센트나 2퍼센트를 그들에게 떼어 주겠다고 했던 것이다.

그 말로 사람들을 꼬드긴 것이다.

예를 들어 천만 원을 투자하면 매달 3퍼센트인 30만 원을 주겠다는 식.

따지고 보면 엄청난 이율이었다.

연 36퍼센트라는 말이었다.

돈을 그냥 빌려 달라고 하면 사람들이 코웃음을 치겠지만, 구덕만은 큰손 이야기를 꺼내면서 그들을 속인 것이다.

사람들도 큰손들 거래를 하면서 나오는 수익에서 나눠 먹자는 말에 홀라당 넘어간 상황.

한두 명이 아니었다.

거의 10명에 가까운 사람들이었다.

적게는 5백만 원에서 많으면 3~4천만 원까지 투자한 사람들도 있었다.

"이걸로 토사장 짓을 했구나……."

남자가 중얼거렸다.

토사장 짓을 하려고 해도 어느 정도의 자본이 있어야 했다. 그래야 적중된 사람들이 있을 경우 돌려줄 수 있는 것이다.

그 자리에서 대책 회의 같은 것이 꾸려졌다.

인근 커피숍에 가서 이야기를 하게 되자, 대충 상황이 그려졌다.

모든 일의 시작은 몇 달 전.

뭔가 그때 일이 어긋나서 꼬인 것 같았다.

"아이고. 아이고."

한 여사장은 훌쩍거리고 있었다.

남자는 자신도 울고 싶었지만 차마 그러지를 못하고 있었다.

차라리 돈을 투자했다면 그래도 이해 가지만, 자신은 장부 거래를 하면서 돈을 맡겨 둔, 완전 바보 인증을 한 셈인지라 말도 제대로 할 수 없었다.

그저 속으로 끙끙 앓아야 했다.

"구덕만이가 높은 금리를 약속했기에 한 건데. 에구구."

"맞아요. 저도요."

"저도요."

"항상 돈이 가득한 것처럼 보여서……."

주변 가게 사장들은 워낙 구덕만이 돈을 잘 버는 것처럼 보이니, 고리의 이자에 눈이 멀어 그에게 돈을 투자했던 것이다.

역시 사기는 욕심과 연계될 수밖에 없었다.

이건 사회생활을 하면서 항상 명심해야 할 부분이었다.

남자는 여러 가지 이유를 추측했다.

그리고 날짜를 비교하다 보니 딱 몇 달 전에 구덕만이 보이던 이상한 행태가 떠올랐다.

구덕만 사장이 엄청나게 당황하던 때가 있었다.

보통 베팅을 하러 가거나 연락을 받을 땐 항상 활기찬 모습을 보이던 구덕만 사장.

그런데 그날만큼은 반쯤 정신이 나간 것처럼 사람이 이상했던 것이다.

만약 그때가 시발점이라면, 딱 나오는 이유가 있었다.

첫째, 구덕만이가 토사장 짓을 하다가 큰손 중 누군가 크게 따게 된 케이스.

'설마 그게 적중되겠어?' 하는 생각에 보험도 들어 두지 않았던 구덕만이 환급해 줄 돈 때문에 빌빌거리다가 결국 하염없이 추락한 것일 수도 있었다.

아니면 두 번째 가능성,

구덕만이 직접 베팅을 하다가 싹 다 말아먹은 것일 수도 있었다.

아니면 둘 다이거나.

토사장 짓을 하던 복권방 사장이 이런 식으로 망하는 경우가 꽤 있다는 것을, 나중에야 알 수 있었다.

여하튼, 사람들의 말을 종합해 보니 대충 날짜가 계산되었다.

"개새끼. 씨발 새끼."

남자는 계속해서 욕설을 중얼거렸다.

돈을 메울 구멍을 찾다가, 결국 그를 털어먹은 것이다.

구덕만은 남자가 카드 대출받아 건넨 돈을 가지고 베팅을 한 것이 아니었다.

자신의 급한 빚 처리에 이용한 것이다.

빚이란 것은 결국, 가장 귀찮게 하는 사람부터 주는 것이 생리였다.

구덕만은 당장 돈 달라고 윽박지르는 사람들에게 우선 주어서 그걸 막아 버리면서, 계속해서 남자의 베팅이 비적중되길 바랐는데, 하필 적중되어 버린 것이다.

"아, 씨발 새끼. 그래서 내 연락을 피했네."

남자는 머리를 감쌌다.

당장 돈이 없다는 핑계로 시간을 끌면서 구덕만이 머리를 굴린 것이다.

이미 장부 거래를 위해, 베팅을 위해 받은 돈은 당장 급한 채무자들에게 줘 버린 상태.

웃긴 것은 그게 그들의 원금을 갚은 것도 아니란 점이었다.

남자는 사람들이 떠드는 소리에 귀를 기울였다.

그러면서 상황을 파악하기 시작했다.

사람들이 투자 금액에 대해서 이야기를 했다.

월 3퍼센트의 금액.

의외로 만만치 않은 금액이었다.

결국 구덕만은 이자만 갚다가 펑 하고 일을 터트린 것.

만약 남자가 또 베팅에 실패했다면 그는 좀 더 시간을 벌 수 있었을 것이고, 어쩌면 남자에게 또 돈을 구해서 한 번 더 베팅하라고 꼬드기거나 아니면 새로운 호구를 찾아 나섰을지도 몰랐다.

하여튼, 몇 달은 더 이런 사기 행각을 벌일 수 있었지만, 남자가 베팅에 적중함으로 인해서 결국 그의 사기 짓도 종말을 맞이했다.

당장 줄 돈이 없으니 그는 튈 준비를 하였고, 실제로 잠수를 타 버린 것이다.

남자는 자신이 받아 갈 것이 없다는 사실을 깨달았다.

구덕만이 항상 자신 있게 말하던 가게.

하지만 가게가 있어 봤자 소용없었다.

이미 보증금은 미리 챙겨 도망친 상태.

또 설사 자산이 조금 남았더라도 다른 채권자들이 득달같이 달려드는 통에 남자가 끼어서 받아 낼 만한 것은 없었다.

채권자들 사이에 더 있어 봤자 소용이 없었다.

남자는 머리를 감싸며 밖으로 나왔다.
이후 어떻게든 구덕만과 연락을 하기 위해 노력했다.
입에서 침이 마르기 시작했다.
이래서 사람을 죽이는구나 하는 생각이 들 무렵, 간신히 구덕만과 연락이 되었다.
하지만 그때의 그의 태도.
순식간에 사람이 바뀐 것 같은 그의 말에 남자는 분노로 온몸이 휘감겼다.
(돈 없는데 어쩌라고요. 저도 힘들어요.)
철면피.
구덕만은 발뺌했다.
파산 신청했다. 난 지금 어쩔 수 없다.
(돈 생기면 최대한 처리해 줄게요. 이래 봬도 남의 돈 떼어먹을 사람 아니에요.)
불가능한 약속을 하며, 아직도 자신을 믿어 달라고 하는 그의 뻔뻔한 태도.
진짜로, 구덕만이 있는 곳을 알았다면 가서 칼로 찔러 죽였을 것 같았다.

♠ ♠ ♠

번뜩.

다시 정신을 차렸다.

손이 뜨거웠다.

나도 모르게 분노에 휩싸여 종이컵을 움켜쥐었고, 그러는 바람에 커피가 흘러 손을 적신 것이다.

"앗뜨뜨."

나는 실수로 커피를 흘린 척하면서 티슈로 손을 닦았다.

그는 나를 한 번 흘깃 보더니 다시 마킹을 계속했다.

항상 바쁘게 돈을 많이 벌고 있다는 모습을 보여 주는 것이다.

나는 과거를 반성했다.

신뢰는 돈에서 나오는 것이지, 사람에서 나오는 것이 아니었다.

눈치 빠른 큰손들은 구덕만이 장난질, 토사장 짓을 하는 것을 진작 눈치챘을지도 몰랐다.

하지만 자신들의 수익에 큰 영향만 없다면 신경 쓰지 않았던 것 같았다.

그리고 그들은 역시 달랐다.

구덕만의 상황이 좋지 않다는 것을 깨닫자 그들은 귀신같이 돈을 회수하고 장부 거래를 끝냈다.

눈치 없이 그걸 몰랐던 나만 막차 타고 달리다가 탈탈 털렸다.

그리고 그 당시에도 구덕만이 어떻게든 조치를 취하리

라 생각했다.

내가 형사 고소를 걸겠다고 으름장을 놨던 것이다.

그러자 그는 사정을 봐달라며 우는소리를 했다.

그 말을 믿은 내가 정말 바보였다.

결국 그는 한 푼도 갚지 않았다.

마지막으로 그는, '속은 놈이 병신이지.'라는 태도로 날 대했다.

정말 '배 째라.'라는 게 뭔지 알 수 있었다.

어떻게 된 것이, 남의 돈 떼먹고도 저리 떵떵거릴 수 있는, 이곳 한국 사회에 대한 환멸을 느낀 것도 그때였다.

여하튼, 나는 그 이후부터 완전히 베팅 스타일이 꼬여 버렸다.

당장 돈이 없었기에 나는 다시 무리해서 빚을 내어 베팅을 하게 되었고, 그때 절친인 근철이도 많은 빚을 지게 만들었던 것이다.

하지만 결국 점점 악순환에 빠져들었고, 최종적으로 한강으로 향하게 된 것이다.

'바로 저 새끼 때문이야. 살인자 새끼.'

구덕만 사장을 바라보았다.

꼭 칼을 들어야 살인자가 되는 것이 아니었다.

자본주의사회에서는 돈으로 살인자가 될 수 있었다.

사람의 목숨을 빼앗는 방법은 다양했다.

칼에 찔려 죽는 사람보다 돈 때문에 죽는 사람이 훨씬 더 많은 것이다.

스포츠 도박으로 인생이 꼬이게 된 가장 큰 계기.

바로 구덕만 사장이 원흉이었다.

물론 지금의 구덕만이 아니라 앞으로 있을 미래의 구덕만이 그런 것이지만, 그건 상관없었다.

어차피 그는 나에게 사기를 쳤고, 나는 그 때문에 친구의 인생도 말아먹고 나의 인생도 말아먹었던 것이다.

이번엔 내가 그를 탈탈 털 생각이었다.

복수의 시간.

그리고 내가 복수를 한 이후에, 그를 응징하는 것은 눈치 빠른 큰손들이 해 줄 터였다.

어디 한번 큰손들의 빠른 조치가 어떻게 나올지 궁금했다.

진짜로 그들이 있다면 말이다.

설사 그들이 없다고 하더라도 그의 채권자들도 대기하고 있을 테니, 복수엔 지장 없었다.

싱긋.

나는 미소를 지으며 일어났다.

"참, 그리고 사장님, 적중되면 돈 환급은 틀림없이 잘되는 거죠?"

내가 장부 거래에 대한 확신을 가지고 있다는 투로 말하자, 구덕만이 환하게 웃으며 대답했다.

새로운 호구를 또 물었다는 표정.

그땐 친절한 미소라 생각했지만, 지금 보니 완전히 호구를 물었다는 기쁨의 미소였다.

"암, 암. 그렇고말고. 내가 얼마나 신뢰 있는 사람인데."

그는 이제 말을 놓고 있었다.

자신의 말에 내가 완전히 넘어갔다고 생각하는 것이다.

"신뢰가 생명이야. 이 바닥에선."

그는 말끝마다 신뢰라는 말을 잊지 않았다.

"문제없이 활동한 게 벌써 몇 년째야. 그리고 저기 의자들 있잖아. 보이지?"

그가 손가락으로 복권방 컴퓨터 책상과 의자들을 가리켰다.

내가 고개를 돌리자, 깔끔한 책상과 의자가 보였다.

거의 새것으로 보였다.

"복권방도 그냥 마음대로 열 수 있는 게 아냐. 일정한 시설이 필요해."

"아, 그래요?"

프로토 복권방은 당연한 말이지만 프로토를 판매할 수 있는 라이선스가 있어야 했고, 그와 더불어 컴퓨터와 베팅할 수 있는 용지 등의 시설이 필요했다.

프로토 경기 자체가 경기를 분석해야 하는 종목이기에 그런 시설은 최소한으로 요구되었던 것이다.

"예전에 여기서 베팅하던 손님이 있었거든. 그 손님이 학원 운영했었는데 그 사업 접으면서 의자와 책상, 나보고 쓰라고 해서 내가 받아 온 거야. 그 정도로 인망이 좋아."

그가 다시 이곳의 책상과 의자를 거론하며 떠벌렸다.

평소 친분이 있으니 좋은 의자와 테이블도 사람들이 가져가라면서 막 준다는 식의 이야기였다.

그는 거의 본능적으로 자신이 신뢰할 수 있는 사람이란 것을 계속해서 어필했다.

"아, 네. 그렇군요."

그 말이 사실인지 거짓인지는 알 수 없었다.

아마 예전의 나는 그가 했던 이런 말들을 다 믿었던 것 같다.

하지만 그것들은 검증되지도, 확인되지도 않은 사실들이었다.

이렇게 떠벌리는 것이 사기꾼의 특성이란 것을 알게 된 것은 이후의 일이었으니까.

하지만 나는 짐짓, 구덕만을 정말 신뢰한다는 투로 말했다.

"사장님이랑 거래하면 편할 것 같네요."

"암, 그렇고말고. 나만 믿어."

"이번 회차 베팅은 십만 원어치 하고요. 혹시 잘 안 되면 다음 회차부턴 한 회차에 이십만 원으로 올릴게요."

"오케이."

구덕만은 내 말에 문제없다고 말했다.

1회당 베팅 한도액은 10만 원이었다.

하지만 실상 두 번 나눠서 베팅하면 20만 원 베팅이 가능했다.

복권방 사장이 마음먹기에 따라선 백만 원, 천만 원도 즉시 가능한 것이다.

10만 원 풀베팅 조합을 시간 내서 계속 돌리면 되었다.

물론 나중에는 이런 방법은 여러 가지 제약도 걸리지만, 지금은 큰 제약이 없이 가능했다.

"언제든 연락해. 베팅은 내가 바로 해서 결과 알려 줄게."

구덕만이 미소를 지으며 말했다.

그로선 내가 베팅 금액을 2배로 늘리면 떼어먹을 수 있는 돈이 2배로 늘어나는 셈이었다.

경기를 거의 맞히지 못하는 호구란 것이 확인된 상태.

당연히 환영할 수밖에 없었다.

나는 서서히 대화를 마무리 지었다.

"사장님."

"응?"

"다시 말하지만 입금 처리 꼭 문제없이 부탁드려요."

너무 계속해서 같은 다짐을 던지자 드디어 구덕만도 조금 답답하다는 표정을 지었다.

"걱정 마. 걱정 마. 나 여기 가게도 있는 사람이야. 가게 있는 사람은 돈 가지고 장난 못 쳐. 가게 보증금도 있으니까 말이야. 하하."

그가 미소를 지으며 말했다.

"네. 그렇겠네요."

나도 그의 말에 맞장구를 쳤다.

그의 말은 거짓은 아니었다.

가게가 있을 땐 문제없었다.

나중에 보증금 다 뺀 후에 가게를 텅 비워 두고 야반도주를 했으니까.

딱히 거짓말은 아니었다.

"어디 보자……."

기숙사로 돌아온 나는 오늘의 경기들을 확인했다.

"이게 어떻게 되었더라……."

최대한 기억을 되살렸다.

신기하게도 어플을 통해 경기들을 쭉 훑어보다 보면 그때 경기 결과들 중 상당수가 기억이 났다.

아마도 프로토 초반에 토계부를 작성했던 내 습관이 많은 도움이 되었던 것 같았다.

토계부라 함은 프로토를 하면서 승패 여부, 적중 금액 등에 대한 기록 장부였다.

나도 프로토 중반 이후부터 폭주하는 바람에 토계부 작성도 그만두고 패망의 지름길로 갔지만, 초반에는 나름대로 조심했던 것이다.

프로토를 하는 토쟁이들이 가져야 하는 필수적 습관 중 하나가 토계부였다.

가계부를 작성하듯 베팅한 경기의 배당, 금액, 최종 결과를 표시하면서 기록을 남기는 것이다.

일단, 머릿속으로 생각하면 사실상 적중한 금액, 돈을 딴 것만 생각하기에 오류가 생길 수밖에 없다.

무조건 기록을 남겨야 한다.

그래야 돈에 대한 감각을 잃지 않는 것이다.

나도 초반에는 그렇게 감각을 유지했지만, 토계부 작성을 포기하면서부터 급격히 무너지기 시작했다.

결국 그게 다 구덕만 때문이기도 했다.

"어떻게 할까……."

나는 다시 머리를 굴리기 시작했다.

복수는 급하지 않게, 그러나 확실하게 해야 했다.

"구덕만이가 지금부터 토사장 짓을 시작하려나?"

그의 토사장 짓 패턴을 파악해야 했다.

아마도 경기에서 돈을 많이 잃는 베터라면 그도 마음을 놓고 토사장 짓을 할 가능성이 높았다.

"미끼는 이미 잘 풀었고……."

나는 토계부를 확인했다.

지금 새롭게 쓰고 있는 토계부였다.

구덕만에 대한 항목을 새롭게 작성해 둔 상태였다.

그곳에는 200이 표시되어 있었다.

일부러 한 달여간 2백만 원 정도는 그냥 잃어 줬다.

내가 완전히 호갱이란 것을 그에게 각인시킨 것이고, 오늘 그를 만나서 이야기를 해 보니 완전히 그런 인식을 심어 둔 것 같았다.

나름대로 성공이었다.

이제 그가 미끼를 물었으니 본격적으로 작전을 걸면 되는 것이다.

위잉. 위잉.

그때 휴대폰이 울렸다.

"어, 근철아."

친구 근철이였다.

(야, 경일아. 너 회사 그만둔 거야? 도대체 왜?)

그가 화급히 놀란 목소리로 말했다.

"아, 일이 생겨서……. 미안. 미리 너한테 말하지 못해서. 하지만 회사 기숙사 근처에 방 잡았어. 언제든지 연락할게."

나는 한참 동안의 고민 후, 결국 결단을 내린 것이다.

전업 베터의 길.

그걸 걷기로 마음먹었다.

나는 이미 경기의 결과를 알고 있었다.

그 뜻은, 절대로 패배하지 않는 전업 베터로 거듭날 수 있다는 말이었다.

그렇다면 굳이 회사에 매여 있을 필요가 없었다.

초기 베팅 자금 확보를 위해서라도 퇴직금이 필요했다.

그렇다고 해서 이곳을 떠나서 다른 곳으로 가 버리는 것도 조금 꺼림칙했다.

일단, 과거의 내 활동 범위는 이곳 주변이었기에 방도 근처에 잡은 것이다.

정신이 없어서 근철이에겐 미리 언질을 해 두지 못했다.

(돈은?)

근철이가 걱정을 해 주었다.

나름 괜찮은 회사였다.

이곳을 떠나서 뭐해서 먹고살 거냐는 질문.

우리 집의 사정이 그리 좋지 않다는 것을 그도 잘 알고 있었던 것이다.

"걱정 마. 요즘 아는 사람 통해서 일 알아보고 있으니까."

(알았어. 밥 잘 챙겨 먹고.)

그래도 친구가 제일 좋았다.

날 걱정해 주는 것이다.

"응. 너도 잘 지내고. 그리고 스포츠 베팅은 손 떼고."

나는 그에게 신신당부를 했던 것이다.

그에게 이러는 이유가 있었다.

과거의 기억에선 내가 그를 스포츠 베팅에 끌어들여서 파멸에 이르게 만들었던 것이다.

가장 친한 친구였던 그를 말이다.

돈에 눈이 먼 순간부터, 친구의 우정이고 뭐고 아무것도 보이지 않았다.

어떻게든 돈을 마련할 궁리부터 했던 것.

지금 생각해 보면 정말로 어리석은 짓이었지만, 그땐 정말 미친놈처럼 돈에 발광을 했었다.

"미안해."

(응? 뭐가? 아냐. 괜찮아. 미리 말 못할 사정도 있는 거지.)

"여튼, 미안."

나는 도박 자금 마련에 눈이 멀어서, 가장 절친한 친구인 그를 파멸로 이끌어 갔던 것에 대한 사과를 했다.

물론 그는 알지 못했고, 지금 말도 없이 회사 그만둔 것에 대한 사과라 생각하고 있었다.

나는 다시 한 번 그에게 사과를 했다.

제9장

프로토, 경기 조합의 중요성

도박 중독자

프로토 베팅에서 제일 중요한 것은 경기를 적중하는 것이다.

하지만 확률상 모든 경기를 맞히긴 힘들다.

그렇다면, 베터 입장에서는 조합을 잘 짜야 한다.

한 경기라도 틀리면 모두 낙이 되기 때문이다.

확률 대비 배당이 가장 높은 조합을 짜는 것이 실력이다.

괜히 똥배 하나 더 물었다가 다 죽었다는 말 나오지 않게 해야 한다.

"아이고, 또 틀렸네요."
나는 머리를 긁적이며 구덕만의 복권방으로 들어갔다.
연기 대상을 받아도 될 것 같았다.
"다음엔 잘될 거야."
구덕만이 어색한 미소를 지으며 말했다.
"근데 이거 뭐, 한 경기도 제대로 맞은 게 없으니……."
나는 투덜거리는 투로 말했다.
"딱 들어올 만한 것 세 개 찍었는데……."
그리고 지난 경기를 복기하듯 중얼거렸다.
"정배만 골라 찍었는데. 크으."
나는 정말로 아쉽다는 표정을 지었다.
구덕만도 정말 아쉽다는 투로 말했다.
나는 지난번에 구덕만을 통해 찍었던 경기를 확인했다.
모두 '정배당'으로 1.3배당에서 2배당 사이의 경기들 3개를 찍어서 약 4~5배당을 만들고 있었다.
"보통 이러면… 두 경기는 맞아 주는데 말이야. 쩝."
구덕만이 어떻게 이렇게 다 빗나갈 수 있냐는 투로 말했다.
내가 찍은 배당들.
참, 애매한 배당이었다.
얼핏 보면 들어올 가능성이 있는 경기들 위주로 찍은 것이었다. 하지만 이건 위험한 베팅이었다.
이런 식의 조합은 위험했다.

프로토 경기의 특성상, 같거나 비슷한 배당의 조합들이 똑같이 들어오는 경우가 드물었다.

 꼭 한두 개씩은 구멍이 났다.

 그래서 항상 경기가 끝난 후의 댓글 창에 '아, 이 경기 한 폴낙.', '한폴낙 지겹다.' 이런 식의 댓글들이 수북하게 달리는 것이다.

 진짜 프로들은 조합 구성부터가 아마추어들과 달랐다.

 덜컹.

 그때, 한 남자가 안으로 들어왔다.

 30대 초반으로 보이는 남자였다.

 피부 색깔이 상당히 희었다. 거의 햇빛을 보지 않는 사람 같았다.

 그는 나를 힐끗 보더니 구덕만 사장에게 가서는 나처럼 경기가 잘 안 풀린다는 식으로 말했다.

 "지환 씨, 다음엔 잘 들어올 거야. 허허."

 구덕만이 사람 좋은 미소를 지으며 말했다.

 그는 잠시 건너편으로 가더니 경기들을 둘러보기 시작했다.

 "정배로 쭉 잡아 봐. 그게 좋아. 괜히 역배 잡으려 하지 말고. 딱 들어올 경기 잡아야 한다니까. 2배당 정도 나오게 잡아 봐."

 구덕만이 그에게 조언을 해 주었다.

나는 속으로 쓴웃음을 지었다.

그 말은 구덕만이 나에게 종종 하던 말이었다.

'그렇게 다 맞으면 프로지.'

틀린 말은 아니었다.

하지만 들어올 만한 조합으로 2배당 만드는 것은 엄청난 분석이 필요했다.

엄청난 실력자들만이 가능한 방법이었다.

초짜가 따라 했다가는 한 폴낙의 괴로움만 듬뿍 맛보기 딱 좋았다.

나는 지환이라 불린 남자를 바라보았다.

'기억에 없는데?'

과거에 내가 베팅할 땐 한 번도 본 적이 없었다.

힐긋.

나는 시계를 보았다.

과거엔 회사 기숙사에 있었기에 이 시간에 복권방에 올 일이 없었다.

아마 그래서 못 본 것 같았다.

"흐음."

나는 베팅 표를 심각한 표정으로 보는 척했다.

"오늘 경기, 괜찮은 것들이 많아."

구덕만이 해외 축구 경기들을 가리켰다.

시즌은 거의 끝났고, 컵 대회들이 있었다.

"요거, 요거, 괜찮아 보이네."

그가 가리킨 것은 1.3에서 1.6배당 내외의 경기들이었다.

대부분 프로토 회사에서 홈팀의 정배 승리를 찍은 경기들.

"제대로 확실한 것 찍어서 먹는 게 좋아."

그가 조언을 해 주었고, 건너편의 남자도 그 말에 동의한다는 듯 고개를 끄덕였다.

"네. 네. 그렇죠."

하지만 난 속으로 코웃음을 쳤다.

그런 식으로 돈을 잘 벌었다면, 구덕만이가 앞으로 몇 달 후 야반도주를 할 일도 없었다.

"내가 이래 봬도 말이야. 여기서 몇 년째……."

구덕만이 자기 자랑을 늘어놓기 시작했다.

생각해 보니 구덕만이 망한 이유도 자기 꾀에 자기가 넘어가서인 것 같았다.

구덕만은 경기에 대해 아는 체를 많이 했지만, 실제로 돌이켜 보면 그리 잘 맞히지 못했다.

말만 번지르르하게 하는 사람이었다.

"요, 경기. 요거. 배당이 낮아도 확실하지."

"그러네요."

아까의 남자와 구덕만이 머리를 맞대고 고민 중에 있었다.

"이걸로 크게 가 보는 게 좋지."

구덕만이 넌지시 남자를 꼬드겼다.

나는 다시 속으로 쓴웃음을 지었다.

저 남자의 모습이 과거 나의 모습이었다.

절로 오버랩이 되었다.

"정배를 잘 잡아야 해. 정배."

구덕만이 나와 그 남자보고 잘 들으란 듯 말했다.

저배당 경기.

일명 '정배'라고 부른다.

프로토 회사에서 배당을 후려친 경기는 그만큼 적중될 확률이 높다는 의미였다.

하지만 정배로만 베팅을 한다?

이건 돈을 잃는 지름길이었다.

물론 정확히 모든 경기를 다 맞히면 상관없었다. 배당이 아무리 낮아도 돈을 버는 것이다.

하지만 이건 현실적으로 불가능한 일이었다.

그렇다면 결국 경기 분석과 그것에 의한 확률 통계에 따라야 한다.

프로토는 결국 2개의 팀이 맞붙는 것이다.

누군가 한쪽은 승리할 가능성이 높을 수밖에 없었고, 그중 승리할 가능성이 높은 쪽이 정배가 되는 것이다.

그러나 여기에 함정이 있다.

회사에서 정배로 잡았다는 것 자체가 들어올 확률이 무

척 높은 것이긴 하지만, 그런 정배가 꼭 다 들어오는 것이 아니었다.

만약 모든 회차에서 정배로만 들어온다면 프로토 회사는 돈을 벌 수가 없었다.

간간이 터져 나오는 역배.

바로 이것을 통해 회사는 돈을 쓸어 담는 것이다.

프로토의 적중 구조를 보면 이해가 쉽게 될 수 있었다.

프로토는 1경기만 틀려도 모두 나가리 되는 구조였다.

프로토 회사 입장에서는 베터들이 아무리 경기들을 잘 맞혀도, 다들 들어오리라 생각하고 물어 버린 경기 중 하나만 쓰나미가 나 버리면 엄청난 돈을 쓸어 담을 수 있었다.

구덕만이가 이용한 방법도 바로 이런 것이었다.

프로토 사업에서 토사장만 돈을 번다는 말이 괜히 나온 것이 아니었다.

♠ ♠ ♠

그 남자에게서 몸을 돌린 구덕만이 나에게 다시 말을 걸려 했다.

내가 먼저 선수를 치며 말했다.

"이번부턴 경기 수를 좀 줄이려고요."

보통 3~4경기를 묶어서 했는데, 이제부터는 딱 2폴 경기만 하겠다고 했다.

"어, 그래? 좋을 대로."

구덕만이 살짝 떨떠름한 표정을 짓더니 이내 아무렇지도 않게 대답했다.

내 말에 건너편에서 마킹을 하던 남자도 귀가 솔깃하는 것 같았다.

나는 일부러 그 남자가 들으라는 투로 말을 했다.

"두 경기만 제대로 잡는 게 차라리 낫겠네요. 확률상 말이죠."

"허허, 그래. 그렇게 해."

그는 말해 주지 않았지만, 정말로 제대로 하는 베터라면 딱 2폴 경기로 승부를 봤다.

이건, 국내 합법 프로토의 특이한 구조에서 기인한 것이기도 했다.

나는 여러 가지 방법을 다 동원했고 분석했지만 결국 답은 2폴 베팅이었다.

이걸 너무 늦게 알았다는 것이 문제였다.

한강을 가기 직전.

왜 이렇게 돈을 많이 잃었을까 하는 마음에 모든 것을 비운 상태에서 지금까지의 경기를 복기해 본 결과 내린 답이었다.

목숨을 걸고 알아낸 비법.

인터넷상에 퍼져 있는 총판들의 꼬드김 술책과는 차원이 달랐다.

"두 개만 묶으면 너무 배당이 짜지 않아요?"

그때, 마킹을 하던 남자가 살짝 말을 걸었다.

약간 톤이 높았다.

그렇지만 듣기 거북한 음성은 아니었다.

이곳 복권방에서는 베팅을 위해 모였기에 서로 말을 잘 섞지 않고 자기가 할 베팅에만 집중하는 경향이 강했다.

그렇지만 여긴 딱히 다른 사람도 없고 복권방 주인과 우리 둘뿐이었기에 그가 말을 건 것 같았다.

"그래도 워낙 많이 틀려서요. 베팅 숫자를 줄이려고요. 그럼 좀 더 적중이 잘되겠죠."

"아, 네."

그 남자는 특별한 이유가 있나 싶어서 나에게 물어본 것 같았다.

하지만 내 말에 그다지 특별한 이유가 없다고 생각되었는지 이내 고개를 숙이더니 마킹을 하기 시작했다.

그의 마킹 용지는 4~5경기 정도가 찍혀 있었다.

'쯧쯧, 저렇게 베팅하면 안 되지.'

나는 속으로 혀를 찼다.

예전 내 모습을 보는 느낌이었다.

국내 합법 프로토의 배당은 해외 배당보다 훨씬 낮았다.

그렇다 보니 사람들은 들어올 것처럼 보이는 정배 경기들을 서너 개씩 묶어서 베팅하곤 했다.

나도 그중 하나였다.

그래야 어느 정도 마음에 차는 배당이 떨어졌던 것이다.

하지만 반대로 생각해야 했다.

1경기를 더 포함시킬수록, 적중 확률에 비례한 베터의 수입은 급감할 수밖에 없었다.

1경기라도 틀리면 0으로 수렴하는 내기였다.

5경기 중 4경기를 맞췄다고 해서 80퍼센트를 주는 게 아니었다.

한 개라도 틀리면 0이었다.

제로. 한 푼도 없는 꽝!

괜히 얼마 안 되는 배당 먹으려다가 모든 것을 다 잃어버리게 되는 것이다.

어째서 한국의 독점 프로토 회사에서 전 세계에서 유례가 없는 두 폴더 이상의 강제 조합을 강요하는지 이유만 생각해 봐도 나오는 결론이었다.

두 폴더 강제 조합.

어차피 독점 구조에서, 자유로운 1폴더 베팅이 가능한

사설 프로토로 빠질 생각이 아니라면, 어쩔 수 없이 이것에 맞춰서 전략을 짜야 했다.

 그렇다면 차라리 지금의 나처럼, 최대한 베팅 경기의 숫자를 줄이는 것이 나았다.

 왜냐하면 배당이 낮은 정배당이라고 해서 꼭 그대로 들어온다는 보장은 없었기 때문이다.

 즉, 최소 베팅 숫자인 2경기에서 1경기를 더 늘려 3경기를 만든다고 하더라도 수익이 그에 비례해서 늘어나는 것은 아니었다.

 엄밀히 확률과 통계로 본다면 차라리 2경기 베팅을 하는 것이 더 나았고, 최종 배당을 유지하려면 조금 더 배당이 높은 경기에 모험을 거는 것이 나았다.

 물론 더 좋은 방법은 1경기만 베팅하는 것.

 그러나 이건 다시 처음으로 돌아가, 현행 합법 프로토에서는 금지되어 있었다.

 스윽.

 슥.

 나는 경기들을 쳐다봤다.

 복권방에는 그날의 프로토 베팅 경기들이 길쭉한 표로 출력되어 있었다.

 스마트폰 어플을 이용해서 확인하기도 하지만, 복권방

에서는 프로토 기기에서 출력된 최신 배당을 보면서 많이 베팅했다.

'시간이?'

문득 시계를 보니 배당들이 변했을 수도 있을 것 같았다.

"배당표 다시 뽑아 주세요."

"응."

구덕만은 군말 없이 배당표를 새로 출력해 주었다.

티틱. 틱.

파란색의 프로토 기계를 클릭하면 바로 출력되어 나왔다.

그리 어려운 일도, 시간이 걸리는 일도 아니었다.

위잉.

위잉.

배당표가 나오자 나는 그것을 바라보았다.

찌릿.

머리가 살짝 아팠다.

언제부터인가 두통이 조금씩 오고 있었다.

아마도 전업 베터의 길을 걷기로 마음먹은 이후부터인 것 같았다.

배당표들을 훑어보았다.

'흐음, 저 경기들이… 결과가…….'

신기했다.

내가 예전에 봤던 경기들의 결과들.

그것들이 점차 또렷하게 기억 속에 떠오르고 있었다.

물론 초반에 내가 경기를 몰아서 했기에 그럴 수도 있지만, 정말 신기했다.

경기를 뚫어지게 보고 있으면, 상당수 경기들의 그때의 결과가 떠올랐다.

물론 대략 20퍼센트 정도는 떠오르지 않았다.

하지만 그것만 해도 대단하다고 할 수 있었다.

뭐랄까, 내면의 기억의 서랍에 담겨 있던 정보가 떠오르는 느낌이었다.

뇌과학에서는 그저 한 번 스쳐보고 지나간 정보도 사람의 머릿속에는 저장되어 있다고 한다.

그리고 기억력이 좋은 사람은 바로 그런 서랍들을 잘 찾는 사람들이었다.

나는 그렇게 기억력이 좋은 편은 아니었다.

그런데 지금 과거로 돌아온 지금,

다른 건 몰라도 그때의 프로토 경기의 결과만큼은 한 번 스쳐 지나가며 본 것이기만 하면 모조리 기억하고 있었다.

'어디 보자. 이 경기들은······.'

무더운 여름이 지나가고 있었다.

한창 야구 시즌이었다.

국내와 일본 야구 경기들이 오후에 있었고, 밤에는 분데

스리가 경기와 프랑스 리그 경기들, 그리고 그다음 날 오전에는 미국 프로야구 MLB 경기가 있었다.

NBA 경기는 가을이 되어야 시작이었다.

"일야를 해 볼까?"

일본 야구, 줄여서 '일야'라고 했다.

요미우리, 주니치, 히로카프, 한신, 니혼햄, 세이부, 오릭스, 라쿠텐, 지바롯데, 소프트뱅크 등의 팀들이 있었다.

사실 분석이 어렵기에 많이 하지 않는 경기였다.

다만 국내 야구와 일본 야구의 경우 저녁 시간에 경기를 시청할 수 있다는 장점이 있었다.

힐긋.

나는 구덕만을 바라보았다.

변수가 많은 일야.

아니, 야구 자체가 변수가 워낙 많은 종목이었기에 토쟁이들의 주력으로 삼기 어려운 종목이었다.

이걸로 우선 야금야금 그의 돈을 빼먹기로 마음먹었다.

'어디 보자. 지바롯데 경기가······.'

역배를 골라야 했다.

그냥 아무 생각 없이 찍었다고 말하면서 '운'으로 돌리기에는 최고로 좋았다.

"엉? 일야 하려고?"

한 번도 하지 않았던 종목에 마킹을 해서 가져가자 구덕만이 나를 힐끗 쳐다보았다.

"분석은 좀 한 거야?"

토쟁이들은 보통 주력으로 하는 종목이 있었다.

축구면 축구, 느바면 느바.

하지만 야구, 그중에서 특히 일야를 주력으로 하는 사람은 드물었다.

"그냥 감으로 찍는 거죠. 찍고 편하게 경기 보려고요."

"뭐, 그것도 좋지."

일야와 축구 프랑스 리그의 경기 두 폴더를 잡았다.

"야구는 역배. 축구는 무 잡은 거야?"

8배당이라는 고배당을 잡은 것이다.

"네. 그냥 이리 해도 저리 해도 안 되는 거, 관람료 지불한 셈 치려고요."

"하하. 그래, 뭐. 그것도 좋지. 마음 편하게."

"금액은 풀베팅할게요."

10만 원 걸겠다는 말에 구덕만의 눈이 살짝 동그래졌다.

"정말?"

야구 역배는 솔직히 가능성은 적지만 나올 가능성도 있었다.

하지만 축구 무는 정말 무모해 보였다.

물론 강팀이 원정이긴 하지만, 워낙 유명하고 잘하는 팀이었기 때문이었다.

"파리가 이길 텐데……. 그냥 원정승으로 가지그래?"
파리가 원정팀이었다.
현재 극강의 1위를 달리고 있었다.
이에 반해 홈팀은 최하위 꼴찌 다툼을 하고 있는 팀.
"흐음."
나는 잠시 고민한다는 표정을 지었다. 그러자 구덕만이 다시 재촉을 했다.
그는 너무 오지랖이 심했다.
베팅하는 사람에게 이런저런 말을 할 필요가 없는 것이다.
그때 머리를 스치는 생각!
'구덕만 사장이 파리가 이긴다고 베팅한 건가?'
파리 생제르맹. PSG팀은 압도적인 성적을 거두고 있었다.
현재 리그 1위.
그에 비해 상대팀은 리그 18위였다.
왜 이렇게 말이 많나 했더니, 본인이 건 것과 반대로 가면 한마디씩 툭 던지는 것이었다.
그런 게 아니고선 이렇게 말이 많을 이유가 없었다.
그리고 아마 오늘 있는 이번 경기에, 대부분의 토쟁이들이 파리가 이긴다고 돈을 걸었을 터였다.
"즐라탄이 말이야. 파리에 있는 이상……."

그는 쏼라쏼라 떠들었다.

모두 파리 생제르맹팀이 이기는 이유에 대한 것이었다.

빙긋.

나는 살짝 웃으면서 말했다.

"그냥 이미 베팅했으니 뽑아 주세요. 그럼 장부에 처리 부탁하고요. 적중되면 처리 부탁요."

"에구구. 알았어, 알았어."

원래 이렇게 직접 가게를 방문했을 땐 문자로 베팅할 때와 달리 프로토 용지를 받아 가곤 했다.

하지만 나는 일부러 그에게 맡기고 자리를 떠났다.

'병신.'

문을 닫으면서 나는 속으로 중얼거렸다.

이미 원정팀이 이긴다는 전제하에 경기를 분석하고 있었다.

그러면 분석의 의미가 없었다.

모든 조건을 자신이 찍은 팀에게 유리하게 말을 맞추게 되는 것이다.

프로토 분석에서 제일 금기시해야 하는 부분.

미리 답을 정해 놓고 분석을 하는 것.

답정너라는 말처럼, 답정베팅이 될 수밖에 없었다.

모든 분석은 초기화된 상태에서 객관적으로 해야 했다.

이미 어떤 팀에 대한 선입견이 있다면 분석 자체에 오류가 생기는 것이다.

"아, 그러고 보니……."

 나도 아마 그 당시엔 예전에 파리 생제르맹에 걸었다가 돈을 왕창 날렸던 것 같았다.

"뭐, 할 말은 없네."

 지금에야 결과를 알고 있으니 그런 것이지만, 그때와 달리 지금은 답을 알고 있으니까.

 나는 닫힌 복권방 문을 바라보았다.

 아마 구덕만은 생돈 먹었다고 시시덕거리고 있을 터였다.

 거의 들어올 가능성이 없는 경기였다.

 약간 배당이 애매하긴 했지만, 이 정도라면 그가 나가리 될 것을 생각하고 내 돈을 꿀꺽하려 할 터였다.

 뭐 어쨌든, 보험 잡는다는 심정으로 절반이라도 베팅 들어가도 상관없었다.

 야금야금 그에게서 돈을 받아 낼 테니까.

 이미 계획은 모두 세워진 상태였다.

"어이고."

 구덕만은 약간 어이없다는 표정을 지으며 장부에 체크를 했다.

"풀베팅을 하다니. 크."

정말 바보 같은 조합이었다.

현 시즌 파리 생제르맹은 무적이었다. 더구나 상대팀은 꼴찌권의 하위권.

과연 파리가 몇 점 차로 대승을 거두느냐가 문제였던 것이다.

혹시라도 배당을 더 받기 위해 돈을 건다면, 파리가 다득점을 거두는 고배당에 돈을 걸어야 했다.

"쯧쯧."

구덕만이 혀를 찼다.

어쨌든 자신이 고민해 줄 문제는 아니었다.

흘깃.

건너편에서 베팅을 하고 있는 남자를 바라보았다.

강지환이라는 남자.

최근에 종종 나타나는 남자였다.

아직 잘 모르기에 장부 거래로 포섭하진 못하고 있었다.

돈은 좀 잘 쓰는 것 같았기에 좀 더 지켜본 다음에 낚을 생각이었다.

의외로 2~30대 초, 중반 남자들 중 프로토 하는 사람들이 자신의 낚시에 잘 걸렸다.

귀찮은 것을 싫어했기에 알아서 다 처리해 준다고 하면 그냥 곧잘 넘어왔던 것이다.

큰손 이야기를 잘 버무려서 하고, 가게가 있으니 걱정 없다고 하면 열이면 일곱은 넘어왔다.
 스윽. 슥.
 구덕만은 베팅 의뢰를 받은 용지를 집어넣었다.
 위잉. 철컥.
 배당을 확인했다.
 스윽.
 건너편 남자를 한 번 더 보았다.
 그는 몸을 돌린 채 경기 분석 중인 것처럼 보였다.
 위잉.
 지잉.
 조금 전 받았던 경기를 취소했다.
 정경일이란 남자는 나중에 적중되면 처리해 주기로 된 상태였고, 지금까지 한 번도 도중에 와서 적중표를 달라고 귀찮게 한 적이 없었다.
 다른 장부 손님들 중 절반 정도가 그러했다.
 다른 이들에겐 큰손, 큰손 거렸지만, 사실 엄밀한 의미의 큰손은 없었다.
 장부 거래하는 이들 중 좀 금액을 크게 하는 사람들을 가리켜 큰손이라 부르고 있었던 것이다.
 자신이 떠벌릴 정도의 큰손은 실제론 없었다.
 구덕만은 장부 리스트를 확인했다.

장부 거래를 하는 사람들 중 절반 정도는 금액이 조금만 커져도 칼같이 와서 적중표를 받아 갔다. 그러다 보니 그런 손님들 상대로는 사실 수수료 수입 외에는 큰 이득을 보지 못하고 있었다.

 그 사람들은 보통 낮이나 저녁때 와서 경기를 끊어 갔다.
 물론 그 수수료 수입만 해도 어찌 보면 크다고 할 수 있었다.
 하지만 토사장으로 벌어들이는 수입과는 감히 비교가 불가능했다.
 나머지 절반의 장부 거래.
 그게 바로 자신이 벌어들이는 막대한 수입의 원천이었다.
 이 사람들은 베팅부터 환금까지 모두 자신에게 맡겨 둔 상태였다.
 자신이 완벽하게 토사장 노릇을 할 수 있었다.
 원래 그도 처음부터 토사장 짓을 한 것은 아니었다.
 모든 대리 베팅은 철저하게 회사에 입금해서 처리했었다.
 그러다 한 번 실수로 대리 베팅을 하지 못한 적이 있었다.
 그리고 그 경기가 역배가 터지는 바람에 비적중 처리가 되었다.
 그 순간, 구덕만은 토사장 짓을 하는 것이 엄청난 수입이 된다는 사실을 깨달았다.

베팅금을 오롯이 자기 주머니에 털어 넣었던 것이다.

이건 판매 수수료 5퍼센트와는 비교가 되지 않았다.

예를 들어 1.21배당과 2.5배당이 있다고 보자.

대부분의 사람들은 1.21배당을 노리고 10만 원을 건다. 하지만 확률상 2.5배당도 자주 나온다. 2점대 배당은 결코 적게 나오는 수가 아니다.

더구나 한 폴더 베팅이 아니라 두 폴 이상을 베팅하는 상황.

그리고 강제 두 폴로 인해서, 두 폴을 만들기 위해 초저배당을 묶어서 고액 베팅을 하는 경우도 많았다.

그리고 실제 그런 초저배당 경기는 잘 들어오는 편이었다.

하지만 정배 1.1대 배당과 역배 4.0대 배당이 설정된 상태에서 역배인 4.0대 배당이 떠 버리면 그날은 토사장이 현금 잔치를 벌이는 날이었다.

만약 1.1배당이 적중되어도 원금의 10퍼센트만 주면 그만인 상황이었기에 큰 부담도 없었다.

하지만 4.0배당의 역배가 떠 버리면 대부분의 사람이 역배를 걸지 않았기에 역배를 건 극소수를 제외하곤 모조리 낙이 되는 상황.

더구나 4배당의 역배를 담은 극소수의 인원도, 두 폴더 이상을 베팅해야 하기에 다른 경기를 맞힌다는 보장이 없었다.

즉, 이렇게 쓰나미가 나오는 날은, 사실상 그날 베팅한 대부분의 베터의 돈을 토사장이 쓸어 담는 형국이 된다.

결과적으로 이런 역배 경기들이 한 회차에 몇 개만 터져 준다면 토사장 입장에서는 안정적이고 확실한 수입이 보장되었다.

그래서 토사장이야말로 프로토 베팅의 승리자이며, 현금 박스의 보유자라는 말이 나오는 것이다.

요 몇 년 사이에 인터넷에서 현금 다발을 인증하며 자랑하는 20대 청년들의 경우, 합법적인 방법으로 돈을 번 경우도 있겠지만, 사설 베팅 사이트 운영으로 돈을 번 경우도 상당히 많았다.

가장 확실한 현금 장사였다.

그리고 구덕만은 그런 사설 사이트를 개설한 것은 아니지만, 합법 사이트에 기생하고 있는 상황이었다.

어쩌면 위험 부담을 가장 많이 줄인 토사장 놀이였다.

사이트 개설로 인한 체포 걱정도 없었던 것이다.

일단 토사장 짓을 하기로 한 구덕만은 차근차근 그 범위를 넓혀 갔다.

장부가 늘어날수록 토사장 사업의 범위도 확장되었다.

한번 쓰나미 경기가 휘몰아칠 때마다, 베팅을 한 고객들은 피눈물을 흘리지만 자신은 강남의 고급 룸살롱에 가서 놀고 오는 날이었다.

여기서야 작은 복권방 사장으로서 꾀죄죄한 모습이지만, 그곳에서만큼은 강남 건물주 못지않은 재력을 뿌리며 환락의 밤을 누리는 것이다.

한번 그렇게 맛을 들이고 난 이후부턴 끊을 수가 없었다.

딸각.
그때, 마킹을 하던 손님이 자리에서 일어났다.
자신을 강지환이라고 소개한 손님이었다.
이곳에 들른 지 두 달쯤 되었다.
어느 정도 파악은 된 상태.
장부 거래 손님 중 호갱으로 삼기 딱 좋아 보였다.
"고르셨어요?"
구덕만이 환하게 웃으며 말했다.
"네. 십만 원어치 부탁드려요."
이 손님도 풀베팅 손님이었다.
계산하기 편해서 좋았다.
"폴더 수는 줄였어요. 아까 그 손님이 말한 게 떠올라서요."
"아, 네."

구덕만이 아까의 손님을 떠올렸다.
가장 최근에 잡은 호갱이었다.
"어디 보자… 딱 두 폴더 잡았네."
위잉.
철컥.
파란색 프로토 기계에서 용지가 뽑혀 나왔다.
구형 기계인지라 시간이 좀 걸렸다.
'어랏? 배당이?'
구덕만의 표정이 살짝 변했다.
아까 전에 정경일 씨가 한 것과 동일한 조합이었던 것이다.
"여기요."
구덕만은 10만 원을 받으며 그 용지를 건넸다.
그 남자는 용지를 받자마자 바로 몸을 돌려 나가려 했다.
빙글.
"참, 아까 손님은 어떤 경기 찍었어요?"
지환이란 손님이 문득 궁금한 듯, 몸을 다시 돌리며 물어보았다.
"손님이랑 같은 조합을 했네요. 하하, 우연의 일치도 참……."
설마 이런 조합을 동 시간대에 2명이 할 줄은 몰랐던 것이다.

"그래요? 우연의 일치네요. 참, 그럼 그 손님, 잘 맞히는 손님이에요?"

"아뇨. 하하, 정말 못 맞혀요. 이번엔 좀 맞으면 좋겠네요."

 어차피 꽝이겠지만, 그래도 맞으면 좋겠다고 구덕만이 말했다.

 자신은 이번 회차에 가장 확실한 경기라 할 수 있는, 파리 생제르맹 경기에 백만 원을 밀어 넣은 상태였다.

 복권방 사장인 만큼 베팅은 마음먹은 대로 할 수 있었다.

 어느 순간부터 고객들이 맡겨 놓은 장부 돈을 자기 돈인 양 쓰고 있었다.

 설사 구멍이 나도, 장부 고객들이 비적중되면 그 돈은 결국 자기 돈이 되니 상관없다는 투였다.

"네. 저도 똑같은 마음이네요."

 지환이란 남자가 프로토 용지를 흔들거리며 말했다.

 그 남자가 적중해야 자기도 적중되는 것이다.

"적중 기원합니다. 그리고 이거 제 계좌 번호요."

"네. 다음부터는 장부 거래할게요."

"원스톱 서비스예요. 다음부터는 굳이 힘들게 나올 필요 없고요. 문자로 베팅하시면 돼요. 적중되면 제가 입금까지 다 처리해 드려요."

"편하겠네요."

남자는 그 자리에서 스마트폰으로 입금을 했다.

"오백만 원 먼저 입금할게요."

"네. 네."

구덕만의 얼굴이 환해졌다.

벌써 그의 머릿속에는 5백만 원의 꽁돈이 생겼다는 생각이 든 것이다.

어차피 몇 번 베팅하다 보면 저 5백만 원은 금방 사라질 터였다.

그것이 지금까지 장부 거래했던 모든 토쟁이들의 패턴이었다.

결코 돈을 딸 수가 없었다.

"그럼 다음부턴 문자로 보내고요. 특별한 일 있을 때만 한 번씩 들를게요."

"네. 그렇게 하세요."

지환이란 남자는 밖으로 나왔다.

구덕만은 특별히 문 밖으로까지 나와 그를 배웅했다.

"조심히 가요, 지환 씨."

지환이란 남자는 다시 인사했다.

구덕만이 가게도 들어가자 지환이란 남자는 몸을 돌려 건너편 골목으로 갔다.

힐긋.

뒤를 돌아보았다.

아무도 없었다.

"흠… 우연인가?"

정경일이란 남자가, 자신과 같은 베팅을 했다는 말에 고개를 갸우뚱거린 것이다.

"뭐, 같을 수도 있지."

그렇게 말을 하며 그는 자신의 지갑을 열었다.

그곳엔 아까 전에 구덕만에게 했던 베팅과 동일한 베팅의 프로토 용지가 5장이 들어 있었다.

지갑 안에 이번에 베팅한 용지를 밀어 넣자 이제 6장이 되었다.

"토사장 짓을 하려는 것 같은데……."

지환이란 남자가 가게의 간판을 흘깃 보았다.

"겁이 없네. 돈 무서운 줄 모르고 있네."

저러다가 잘못 걸리면 생매장될 수 있었다.

어쨌든 이런 동네 복권방 장사이기에 어찌 저찌 버티는 것 일 수도 있었다.

"장난치려다가 너 죽는 수 있어."

휘익. 휙.

지환이란 남자는 손으로 목이 뎅겅 날아가는 제스처를 취했다.

그런 후 그는 다시 이동했다.

골목을 한 번 더 지나니 흰색의 고급 벤츠가 주차되어 있었다.
 가격만 수억에 달하는 최고급 모델이었다.
 그는 자연스럽게 차 문을 열고 들어갔다. 그러곤, 청담동에 있는 한강변이 보이는 자신의 수십억짜리 집을 향해 출발했다.

제10장

전업 베터의 길

도박 중독자

전업 베터.
베팅으로 먹고사는 사람을 의미한다.
한국에도 극소수이긴 하나 전업 베터는 존재한다.
그들의 수입은 드러난 바 없으며,
베팅 패턴도 모두 숨겨져 있다.
다만, 프로토 사이트에서 간간이 모습을 드러내는데,
엄청난 자본력을 바탕으로, 하루 종일 자신이 베팅할 경기에 대한 분석을 한다고 알려져 있다.
다양한 해외 자료와 배당률의 변경 검토, 부상 선수, 각종 기사 검색.
주식 전업 투자자를 능가하는 정보력과 분석 능력이 필

수로 요구된다.

♠ ♠ ♠

위잉. 위잉.
내 휴대폰으로 전화가 왔다.
"누구지?"
복권방 사장 구덕만이었다.
"네, 사장님."
나는 밝은 목소리로 대답했다.
(어. 난데…….)
그의 목소리가 좀 가라앉아 있었다.
나는 이유를 익히 알 수 있었다.
흘깃.
어플을 통해 어젯밤 경기의 결과를 확인했다.
파리 생제르맹의 무승부가 보였다.
'크크.'
나도 모르게 웃음이 흘러나왔다.
배당도 물론 고배당이지만, 이런 쓰나미 경기를 맞혔을 때의 쾌감.
그건 이루 말할 수 없었다.

쓰나미 경기.

모두의 예상을 어긋나는 경기 결과를 의미했다.

각 회차마다 대부분의 사람들이 꼭 들어온다며 찍는 경기가 있었다.

하지만 모든 사람이 찍는 경기는, 경험상 피해 가는 것도 좋았다.

꼭 그런 경기에서 쓰나미가 벌어졌고, 수많은 베터들의 돈을 빨아들인 것이다.

아마 구덕만도 파리에 걸었다가 돈을 날렸을 터였다.

속이 후련했다.

더구나 나에게 줘야 할 돈까지 있으니 말이다.

베팅을 2배로 늘리지 못한 것이 아쉬웠다.

하지만 그것은 서서히 베팅액을 늘려 가면서 그를 압박하는 수단이 되어야 했다.

나는 기분 좋은 음성으로 말했다.

"적중된 금액 입금 처리 빨리해 주세요. 일야도 맞고 축구도 맞고, 이번 베팅은 운이 좋네요. 하하."

나는 일부러 더 크게 웃었다.

"요즘 꽤 잃었는데 이번엔 좀 땄네요."

10만 원의 7배.

70만 원이었다.

하루 사이에 60만 원을 번 것이다.

참 쏠쏠했다.

하지만 이걸론 부족했다.

"입금 늦지 않게 처리요."

(응. 내가 오후에 바로 처리할게.)

"네. 그리고 오늘 새벽 경기 베팅할 것들, 좀 이따가 문자로 미리 보낼 테니 처리요."

(어. 그래.)

한 번 먹었으니 한 번은 또 풀어 줘야 했다.

그래야 구덕만이 계속해서 걸리는 것이다.

나는 다음 날 경기들을 확인했다.

토요일이었기에 낮에 일본 축구가 있었다.

'이번엔 한 번 놓아주지.'

서서히 조여 가기.

금액을 점점 높이면서 구덕만이가 나에게 줘야 할 돈을 늘려 가는 것이다.

눈앞에 시미즈와 가시마의 경기가 보였다.

'이게… 결과가……. 가시마가 두 골 차 이상으로 이겼었지.'

기왕 틀리기로 마음먹은 것 아예 홈팀 시미즈가 이긴다로 베팅했다.

그다음은 다시 오후 6시에 있는 일본 야구로 눈을 돌렸다.

'여기서… 소프트뱅크가 지바롯데 이겼지.'

정말 눈앞에 화라락 뜨는 것처럼 기억이 났다.

소프트뱅크가 이겼었기에 잠시 고민하던 나는 일부러 틀리기 위해 지바롯데 역배를 잡았다.

확실하게 두 폴 다 틀리기로 마음먹은 것이다.

그래야 혹시라도 구덕만이 내가 베팅한 것들을 보고 하나라도 따라간다면, 돈을 날리게 되는 것이다.

"나는 선택지를 준 것이고, 그 선택의 결과에 대한 책임은 구덕만 당신이 지는 거야."

나는 베팅지를 보며 중얼거렸다.

만약 그가 토사장 짓을 하지 않는다면 손해 볼 일은 전혀 없었다.

베팅 수수료 5퍼센트를 먹으면 그만인 것이다.

나름대로 그에게 기회를 준 셈.

휴대폰을 꺼내 그에게 문자를 보냈다.

어차피 내일 오후 경기이니 천천히 밤에 베팅하라는 친절한 문구도 같이 써 보냈다.

이 정도의 자비는 베풀어 줄 수 있었다.

♠ ♠ ♠

"에휴. 에휴."

구덕만이 이마를 감싸고 있었다.

이번 달에는 꽤 수익이 좋았다.

그래서 이번 새벽 경기 중 제일 확실해 보이는 파리 경기에 상당한 금액을 베팅했던 상태였다.

설마 이게 역배가 날 줄은 전혀 생각지 못하고 있었다.

베팅의 쾌감.

적중했을 때의 그 느낌.

어느덧, 구덕만도 프로토 도박에 빠진 상태였다.

마약을 파는 판매원이 마약에 중독된 것이나 마찬가지 상황.

그렇다 보니 경기에 하나둘 참견하기 시작한 것이다.

자신이 건 경기는 꼭 들어온다는 확신.

하지만 본인이 직접 프로토 베팅을 하면서부터 구덕만의 수익은 악화되고 있었다.

본인은 경기를 잘 맞히고 있다고 생각하고 있었지만, 실제론 형편없었다.

전형적인 토쟁이들의 몰락의 길을 걷고 있었다.

다만, 구덕만에겐 다른 베터들과 다른 특이한 무기가 있었다.

그건 '남의 돈'으로 베팅을 할 수 있다는 점이었다.

장부 거래를 하는 사람들이 맡긴 돈을 흡사 자신의 돈인 양 흥청망청 쓰고 있었다.

어차피 돈을 잃어도 금방 채워 주는 호구들이 있었기에

상관없었다.

 어제만 해도 2명이나 현금을 입금해 주었던 것이다.

 물론 장부에 숫자상 기재는 되지만, 몇 번 베팅하다 보면 금방 그건 0원으로 수렴하게 될 것이니 상관없었다.

 그러나 이번엔 그게 좀 통하지 않았다.

 몇 시간 전에 파리 생제르맹이 무승부를 내는 바람에 손해가 막심했다.

 자신이 베팅했던 돈을 날린 것도 모자라, 호갱 녀석이 하필이면 그 경기를 맞히는 바람에 적중금까지 보내 줘야 할 상황이 된 것이다.

"운빨이 좀 따르네. 녀석."

 구덕만은 장부를 체크했다.

 정경일의 항목으로 가서 금액을 확인했다.

"에휴."

 어쨌든 지금까지는 자신이 뽑아 먹은 금액이 훨씬 많았다.

 한 번 정도는 이렇게 운빨로 먹을 수도 있다고 생각했다.

'어, 그러고 보니.'

 어제 새롭게 장부 거래를 시작한 강지환이란 남자도 똑같은 경기를 베팅했다는 생각이 들었다.

'우연인가……'

 뭔가 조금 찜찜했다.

 디링.

그때 문자가 왔다.
정경일로부터 온 문자였다.
"내일 경기… 음."
이번에도 모험 베팅이었다. 역배 조합을 잡은 것이다.
'설마 이번에 또 들어올까?'
문득 그런 생각이 들었다.
디링.
그때 또 문자가 왔다.
다른 장부 거래하는 사람들의 문자였다.
이것도 상당수 참고하여 베팅하곤 했다. 특히 잘 맞히는 사람의 베팅을 따라가는 경우도 많았다.
디링.
이번에 새로 장부 거래를 시작한 강지환이란 남자의 문자였다.
저번에 크게 딴 남자였다.
그의 베팅 내역이 궁금했다.
"어라라?"
기묘하게도 이번에도 정경일과 베팅 경기가 같았다.
다만 승패가 서로 달랐다.
역배로만 잡은 정경일과 달리, 강지환이란 남자는 정배 조합을 짰다.
둘 중 하나가 적중되거나, 둘 다 모두 비적중되거나 하는 결과가 나올 터였다.

둘 다 적중될 수는 없었다.

"흐음."

구덕만이 조금 흥미롭다는 표정을 지었다.

하지만 이내 이어지는 금액 항목을 보더니 눈을 동그랗게 떴다.

"오십만 원?"

꿀꺽.

침을 삼켰다.

장부 거래를 시작하자마자 50만 원 베팅을 요구한 것이다.

디링.

구덕만이 전화를 걸었다.

혹시 오타일 수도 있으니 확인 차 거는 것이다.

한참이 울린 다음에야 강지환이란 남자가 전화를 받았다.

"아휴, 안녕하세요."

(네, 사장님. 무슨 일이세요? 문의 사항 있으시면 문자로 주셔도 돼요.)

강지환이란 남자의 목소리가 살짝 차가웠다. 뭔가 바쁜 일을 하던 도중에 전화를 받은 것 같았다.

"네. 이번에 장부 거래가 처음이다 보니 확인 차 한 번 전화 걸었어요. 다음엔 귀찮게 하지 않을 거예요."

왜 이렇게 성격이 쌀쌀맞은 거냐고 속으로 툴툴거리며 구덕만이 베팅 내역을 물어보았다.

"가시마 승, 소뱅 승 가신 것 맞으신 거죠? 두 폴더요."

(네. 두 폴이지만 배당이 괜찮아서요.)

"하하, 네. 저번과는 조금 베팅 스타일이 달라서요."

이전엔 역배로 잡아서 크게 먹었던 것이다.

(이 경기가 제일 잘 들어올 것 같아서요.)

"아, 네."

이번엔 정배 조합이었다.

원정팀 가시마 승, 소프트뱅크 승.

(하지만 아무래도 역배 잡는 것보다는 배당이 작을 수밖에 없어서 금액을 올렸어요.)

"그렇군요. 오십만 원이라……."

(가능하시죠? 저번에 가능하시다고 해서 장부 거래한 거고요. 곤란하면 장부 거래 그만할게요.)

너무 까칠한 태도에 구덕만이 당황했다.

이전에 가게에서 봤을 때의 모습과는 너무 달랐던 것이다.

(할 수 있나요? 겨우 오십만 원 베팅하는 데 그러시면 어떡해요.)

"아, 저, 그게……."

잠시 머뭇거리던 구덕만은 눈을 질끈 감으며 말했다.

"가능해요. 제가 시간 나눠서 천천히 뽑으면 돼요. 대신 적중되면 은행 문 여는 월요일에……."

(네? 허허. 사장님, 장부 거래 하루 이틀 하세요?)

어이없다는 투로 강지환이란 남자가 말했다.

(적중되면 바로 돈 보내 주는 게 장부 거래죠. 적중된 표 받아 가는 귀찮음을 해결해 주는 원스톱 서비스를 해 주는 게 사장님과의 거래가 주는 장점이잖아요.)

강지환이란 남자는 계속해서 쏘아붙였다.

"아, 저, 그게… 일요일엔 바로 돈을 굴리기가 힘들어서요. 하하. 사정 좀 봐주세요. 월요일에 은행 문 열면 바로 처리할게요."

주말이란 점을 어필했다.

보통 이 정도 깐깐한 사람들은 애초에 프로토 용지를 받아 가면 받아 갔지, 이런 식으로 구시렁거리지 않았기에 구덕만도 살살 짜증이 나기 시작했다.

강지환이란 남자가 잠시 생각하더니 이내 말을 이어 갔다.

(그럼 이번 한 번은 그렇게 할게요. 다음부터는 적중되면 바로 돈 보내 주세요. 그렇게 하는 게 어려우면 장부 거래 못할 것 같네요.)

거래를 끊겠다는 말에 구덕만이 재빨리 대답했다.

"알겠어요. 네. 네. 다음 경기부터는 적중되면 바로 보내 줄게요."

구덕만이 전화를 마무리 지었다.

"아, 새끼. 까칠하네. 생긴 것과 다르게."

지금까지의 경험상 호갱으로 보였기에 장부 거래를 시작한 건데, 생각 외로 깐깐했다.

그나마 적중된 용지를 바로 달라고 하는 타입은 아니고 정산을 해 달라는 타입이니 다행이긴 했다.

토사장 노릇을 할 수는 있는 것이다.

말투를 보니 직접 오는 건 귀찮아하기에 나타날 일은 없어 보였다.

하지만 금액이 좀 마음에 걸렸다.

"어쩌지."

잠시 고민했다.

저번 베팅 때 역배를 잡아서 크게 딴 기억을 떠올린 것이다.

하지만 만약 앞으로도 정배로 밀어붙이면 구덕만 자신으로선 손해 볼 일 없었다.

맞혀도 원금에서 조금만 더 보내 주면 되는 것이고, 낙되면 원금을 통째로 꿀꺽 다 먹는 것이다.

또 저번처럼 역배 고배당을 베팅하면 그땐 보험 베팅을 같이 들어서 위험을 분산시키면 문제없을 것 같았다.

"가용 현금이 문제이긴 한데……."

바로 현금을 보내 달라고 하니 이건 신경 써야 했다.

말하는 것을 들어 보니, 바로 돈을 보내 줘야 하기에 현금 부담이 좀 되긴 했지만, 지금 쌓아 둔 잔고도 꽤 있으니 얼추 맞출 수 있을 것 같았다.

"이 새끼, 돈을 쪽쪽 다 빨아 주마. 어딜 거들먹거려. 프로토 초짜로 보이는 새끼가."

장부 금액을 쪽쪽 빨아먹기로 마음먹었다.

다른 놈들은 몰라도 이놈만은 반드시 확실히 털어먹을 생각이었다.

"운빨도 한두 번이야, 새끼야."

구덕만이 중얼거렸다.

마음을 정리한 구덕만은 배당을 계산했다.

"생각보다 그래도 좀……."

2.6배당 가량이 나왔다.

정배 2개를 묶긴 했지만 정배가 확실한 정배는 아니었기에 배당이 좀 나온 상태였다.

이것을 50만 원어치나 요구한 것이다.

"흠……."

구덕만은 정경일과 반대되는 그의 베팅을 보며 잠시 고민했다.

"한 개는 나가리 되겠지?"

설사 적중되어도 정배니까 타격이 적다는 말을 계속 속으로 중얼거렸다.

그리고 그놈이 지른 50만 원을 자신이 꿀꺽하는 상상을 했다.

그 생각만 해도 너무나 통쾌했다.

구덕만은 프로토 카페에 들어가서 사람들의 반응을 살펴보았다.

생각보다 지바롯데 역배를 보는 입장이 많았다.

배당 대비 괜찮다는 입장이 이어졌다.

"흠, 지바롯데가 역배 들어올 가능성이 높다면……."

구덕만은 다른 문자를 확인했다.

저번에 경기를 다 맞힌 정경일이도 역배로 둘 다 잡았다.

"다른 장부 거래자들은 어떻게 잡았지?"

하지만 일본 야구는 워낙 어려웠기에 이걸 베팅한 사람은 거의 없었다.

"어쩌지."

구덕만은 잠시 고민했다.

하지만 이내 결론을 내렸다.

보험 베팅 같은 건 하지 않을 생각이었다.

일본 야구에 보험 베팅을 할 이유가 없었다.

"오케이. 이건, 내가 먹어 버린다."

구덕만이 자신 있게 소리쳤다.

어디로 튈지 모르는 두 종목.

어느 하나만 나가리 되면 자신이 먹는 것이다.

당연히 토사장이 이길 확률이 압도적으로 높았다.

쓰윽. 슥.

구덕만은 강지환의 장부에 마이너스 50을 표시하고 베팅 내역을 기재했다.

그리고 그곳 우측에 따로 자신의 암호를 표시했다.

자신이 토사장이란 의미였다.

50만 원짜리를 해결한 구덕만은 이제 다른 건을 확인했다.

"이건……."

정경일이의 베팅.

강지환과 완전히 다른 역배 조합.

또 막상 처리하려니 고민되었다.

다른 장부 거래하는 사람들의 축구 베팅 성향을 확인했다.

일본 축구는 그래도 일본 야구보다는 많이 베팅했다.

'이 경기는 정배로 많이 쏠렸네.'

정배인 원정승이 압도적으로 많았다.

구덕만이 보기에도 당연히 순위가 높은 원정팀이 무난하게 들어올 것 같아 보였다.

"흠, 어렵네."

하지만 여전히 이전에 그가 파리 팀의 역배를 잡은 것이 마음에 걸렸다.

이번에도 또 그런 일이 발생하면 엄청 스트레스를 받을 것 같았다.

"에이, 이번 한 번은 넘어간다."

70만 원이란 돈을 보내 준 것이 아직도 가슴이 쓰렸던 것이다.

"그럼 이건 그렇고······."

원래는 여기서 멈춰야 했다.

하지만 구덕만은 습관적으로 장부 거래자들의 베팅을 마무리한 이후엔 자신의 베팅에 나섰다.

어느덧 끊을 수 없는 중독 상태였다.

자신도 똑같은 경기에 베팅하기로 마음먹었다.

그들이 틀리고 자신만 맞는 상상을 하니 너무 기분이 좋았다.

"일축은 정배로. 일야는 역배로······."

이렇게 되면, 자기가 맞게 된다면 그 둘은 나가리 되는 것이다.

"히히히, 좋았어."

생각만 해도 기분이 좋았다.

"다들 이렇게 찍고 있군."

프로토 카페에 올라온 분석 글, 그리고 장부 거래하는 사람들의 통계를 잡아 보니, 이 조합의 경우는 자신이 찍은 베팅이 대세였다.

일축은 원정승 정배. 야구는 홈승 역배.

그렇게 합치니 배당도 괜찮았다.

"어디서 초짜가 까불어."

구덕만이 으스댔다.

아직도 강지환이란 남자가 전화상에서 까칠하게 말을 꺼낸 것에 대한 앙금이 남아 있었다.

"난 정보를 쥐고 있다고."

이곳에 베팅을 하는 사람들은 나름대로 엄청난 분석을 한 사람들이었다.

자신은 그들의 분석 결과를 그대로 날로 먹을 수 있었다.

"어제 것 복구하고, 한번 제대로 먹자."

구덕만은 새벽 경기가 기다려졌다.

머릿속에 늘씬한 여자들의 모습이 어른거렸다.

이번엔 한 번 살짝 미끄러지는 바람에 손해를 봤지만, 이번 경기에서 모두 만회할 수 있다면 바로 강남으로 출격할 생각이었다.

♠ ♠ ♠

다음 날, 오후 6시.

일본 축구, 홈팀 시미즈와 원정팀 가시마의 경기가 열렸다.

 구덕만은 손님들이 부탁한 다음 경기 베팅들을 마킹하면서 틈틈이 모니터 화면을 쳐다보았다.

 실시간으로 상황이 중계되었다.

 먼저 축구부터 켜 두었다.

 디링!

 알람이 울렸다.

 "엇."

 구덕만의 고개가 화면으로 돌아갔다.

 전반에 홈팀 시미즈의 골이 먼저 들어갔다.

 "우씨, 이거 홈팀 역배 뜨는 거 아냐?"

 초초해졌다.

 서랍을 열자, 정경일이의 프로토 용지가 보였다.

 시미즈의 승리를 찍은 베팅.

 3배당이 넘는 고배당이었다.

 "아, 이거 왜 이래."

 호갱으로 생각했던 남자의 베팅이 상당히 잘 맞고 있었다.

 시미즈의 순위는 최하위권이었다. 그럼에도 불구하고 상위권의 가시마를 상대로 분전하고 있었다. 아니, 오히려 전반은 앞서가고 있었다.

"이거 앞으로 경일 씨 거 무조건 따라가야 하나?"

갑자기 잘 맞는 사람들도 있었다.

그런 사람들의 운빨도 무시 못했다.

하지만 후반전에 들어가서는 원정팀 가시마의 실력이 본격적으로 나오기 시작했다.

슛! 골인!

디링!

골이 들어갔다는 알람이 계속해서 울리기 시작했다.

결국 최종적으로 가시마의 3 대 1 승리.

정배가 들어온 것이다.

"휴."

구덕만이 안도의 숨을 내쉬었다.

그러곤 싱긋 미소를 지었다.

"다행이다, 다행. 역시."

그 남자는 운이 좋아서 어쩌다 맞았던 것이 틀림없었다.

하지만 운빨도 한 번 딱 들어오는 거지, 계속해서 들어오진 않았다.

"아, 이럴 줄 알았으면 그냥 내가 먹을걸."

어차피 한 경기만 틀려도 낙이었다.

다른 경기 확인할 필요도 없었다.

바로 찢어서 휴지통에 버렸다. 그리고 장부에는 마이너스 10만 원을 표시하고 나머지 금액을 맞춰서 적었다.

"아, 내가 먹을걸……."

구덕만은 계속 아쉽다는 말을 했다.

엄밀히 말하면 그는 발급으로 인해 5퍼센트의 수수료를 먹은 셈이었다.

하지만 그것보다도 10만 원을 통째로 꿀꺽할 수 있었음에도 불구하고 놓친 것을 더 아까워하고 있었다.

욕심이 사람을 잡아먹은 상태였다.

축구가 확인되자 바로 야구 방으로 들어갔다.

야구는 시간이 오래 걸렸기에 아직 한참 경기를 하고 있는 중이었다.

한데, 스코어를 본 구덕만의 표정이 일그러졌다.

상황이 좋지 않았다.

일본 프로야구 소프트뱅크의 전력이 막강하다고 하지만 일야는 변화무쌍했다.

특히 야구 경기 자체가 투수 놀음이란 말처럼, 선발투수의 그날 컨디션에 많이 좌우되었다.

그렇다 보니 사실상 분석이 필요 없다는 말이 나올 정도였다.

중계 게시판 댓글을 보니 홈팀 지바롯데의 분전을 기대하는 내용이 많았다.

하지만 허무하게도 원정팀 소프트뱅크가 1회부터 2점을

낸 상태. 이후 4회에도 2점.

그 와중에 지바롯데는 한 점도 내지 못하고 있었다.

4점 차로 지고 있는 상황.

"아, 열 받네. 하필, 괜히 따라가서."

답답하지만 끝까지 지켜봐야 했다.

축구와 달리 야구는 경기 시간이 길었다.

아마 프로토 경기 중 제일 시간이 오래 걸리는 종목이라 할 수 있었다.

그게 야구의 단점이었다.

더구나 야구는 9회 말 투 아웃부터란 말처럼, 끝날 때까지 끝난 것이 아닌 종목이었다.

막판에 점수를 몰아쳐서 역전하는 경우도 가끔씩 있었다.

하지만 반대로 역전을 해야 하는 상황에서는 그것이 희망이 되는 것이다.

경기 중계 사이트의 댓글 창에는 지바를 믿는다는 댓글들이 가득했다.

"지바롯데, 이겨라!"

구덕만이 소리쳤다.

머나먼 한국에서 일본 야구팀을 응원하고 있는 것이다.

그게 프로토의 특징이자 인터넷의 특징이었다.

시간과 거리의 제한이 없다는 점.

아마 이번 경기에 지바롯데에 돈을 건 전 세계의 베터들이 똑같은 심정으로 외치고 있을 터였다.

♠ ♠ ♠

"오빠, 경기 안 봐요?"

연예인급의 외모를 지닌 여자가 핫팬츠를 입은 채 침대에 누워 있었다.

건너편에는 구덕만과 새로 장부 거래를 튼 강지환이란 남자가 책상에 앉아 책을 읽고 있었다.

"어차피 야구는 결과만 확인하면 돼."

"그래요?"

그 말에 여자는 스마트폰을 콕콕 누르더니 이내 말을 꺼냈다.

"지바롯데가 지고 있어요. 4 대 0이요."

"그래? 무난하게 이기겠네."

강지환은 시큰둥하게 말했다.

"이건 얼마 걸었어요?"

여자가 궁금한 듯 물어보았다. 그러자 남자는 살짝 웃으며 말했다.

"그런 것 물어보지 않기로 했잖아."

베팅 금액이나 그런 것은 가까운 여자에게도 알려 주지

않는 것 같았다.

"근데 지금 뭐해요? 정보원의 연락 기다리는 거예요?"

평소 정보원을 기다릴 때의 모습이었다.

끄덕.

강지환은 그렇다는 제스처를 취했다.

디리링.

그때 딱 맞춰서 연락이 왔다.

"어. 난데."

강지환은 전화를 받았다. 그러곤 메모지를 꺼내서 받아 적기 시작했다.

"그래. 감독과 선수가 그런 상황이라 이거지. 오케이."

강지환의 눈이 살짝 빛났다. 고급 정보가 들어온 것이다.

"입금 바로 해 줄게."

건너편에서 고맙다는 말이 흘러나왔다.

"다혜!"

강지환이 여자를 향해 말했다.

"네."

"큰 것 한 장 입금해 줘."

"네, 오빠."

다혜라 불린 여자는 누운 채 자신의 스마트폰을 꺼냈다. 그러곤 이내 상당한 금액을 누군가에게 입금했다.

돈을 입금한 후 다혜가 강지환에게 말했다.

전업 베터의 길 • 299

"저도 좀 알려 줘요."

하지만 강지환은 살짝 미소만 지을 뿐이었다.

그의 시선 너머로 탁 트인 한강이 보였다.

이곳은 대한민국 최고의 부호들이 산다는 한강변 빌라.

빌라라고 불리지만 50억이 넘었다.

완벽한 인테리어와 한강 조망권을 보유한 저택으로, 그야말로 대한민국 상위 0.001퍼센트를 위한 공간이었다.

"전업 베터의 비법이요."

여자가 강지환의 옆에서 다시 애교를 떨었다.

강지환이 여자를 바라보았다.

"궁금해?"

끄덕.

여자가 격하게 고개를 끄덕거렸다.

처음 있는 일이었다.

절대로 전업 베터의 삶과 그 방법 등에 대해선 일언반구 언급하지 않았던 것이다.

2권에 계속